대문 앞에 핀 민들레

심상욱 가곡집 II

| 심상율 가곡집 II |

대문 앞에
핀 민들레

심상율 지음

바른북스

이 책을 펼쳐준 그대에게

우선 이 책을 펼쳐주심에 깊은 감사를 드립니다. 이 책은 어떤 계기로 집게 되었는지는 알 수 없지만, 지금 이 글을 읽고 계신다면 충분한 이목을 끌었다는 것이 되겠지요.

이 책은 심상율의 싱글 1집부터 정규 9집까지의 가사를 앨범 순서로 나열한 책입니다. 시를 쓴다고 쓴 가사이기는 하나 태생이 노래이다 보니 마침표, 쉼표, 물음표, 느낌표가 없는 것이 특징입니다. 가사를 등록할 때 문장 부호는 넣을 수 없기 때문이죠. 그리고 비문이 많이 보일 겁니다. 이는 제가 실제로 말하는 구어체로 시를 적어야 시가 노래로 되었을 때 저의 의도를 그대로 전달할 수 있다고 생각하여 시를 구어체로 적게 되어 비문을 심심찮게 발견할 수 있으실 겁니다.

다음으로 앨범별로 특징을 말씀드리겠습니다. 데뷔 앨범 싱글 1집

<치킨 먹고 싶다>의 수록곡 <치킨 먹고 싶다>는 같은 가사가 9번 반복되는 곡으로 치킨이 먹고 싶을 때 머릿속을 맴도는 생각을 표현한 곡입니다.

다음으로 정규 1집 <Judgement>입니다. 이 앨범은 비판이 많습니다. 앨범명처럼 자신의 판단이 옳은 판단이었는지 물음을 던지는 앨범입니다. 어딘가 이질감이 드는 1번 곡 <냉동창고>는 원래 지인의 이야기로 지인에게 주려고 만든 곡이었으나 지인의 사정으로 인해 저의 노래로 실리게 된 곡입니다. 12번 곡 <Cigarette>은 숫자로만 이루어져 있는데 이 숫자를 해석하여 숨겨진 가사를 알아내는 것도 재미있을 것이라 생각이 듭니다. 그리고 정규 1집부터 시와 시가 후속 앨범과 연결됩니다. 작가가 의도한 정답은 있지만 독자님들께서 자유롭게 시를 이어보시는 것도 재미 중 하나겠죠.

다음으로 정규 2집 <Atonement>로 속죄하기 위해 만든 앨범입니다. 이 앨범에는 3명의 인물이 등장합니다. 다음 이야기로 연결하기 위한 단서를 드리자면 1번 곡부터 6번 곡까지 동일 인물이고 7번 곡과 8번 곡은 각각 다른 인물을 생각하며 쓴 시입니다. 7번 곡의 다음 이야기는 없습니다.

다음으로 정규 3집 <Sincerity>입니다. 타이틀곡인 1번 곡 <Enemy is down>은 남에게 모진 말을 하는 사람들에게 하는 일침 같은 노래입니다. 12번 곡 <보잘것없는 노래>는 제 노래를 들어주시는 분들에게 쓴 편지입니다. 지금도 생각이 변하지 않았습니다. 항상 고맙습니다.

다음으로 정규 4집 <Potential>입니다. 이 앨범에서는 자신이 가지고 있는 가능성을 이야기하고 싶었습니다. 잠재력이 있지만, 아직 꽃 피우지 못한 추운 겨울을 지내고 계신 분들도 언젠가는 봄이 오고 발아 하기 위한 비가 내린다는 것을 표현하였습니다.

다음으로 정규 5집 <Resolve>입니다. Resolve는 결의란 의미로 사용된 만큼 저의 결심을 담은 앨범입니다. 가난에 대한 시가 많고 가난을 헤쳐나가 성공을 쟁취하겠다는 결의를 담은 앨범입니다.

다음으로 정규 6집 <Outcry>입니다. outcry는 포효라는 의미를 생각하며 앨범명으로 붙였습니다. 누구나 가슴속에서 꺼내지 못하는 말이 하나쯤은 있을 겁니다. 저에게도 그런 말이 제 속에 잠들어 있었습니다. 그런 말을 뱉은 앨범이 정규 6집 <Outcry>입니다.

다음으로 정규 7집 <Enlightenment>입니다. Enlightenment는 '계몽'의 뜻으로 쓰였습니다. 생각을 조금만 비틀면 새로운 사고가 보인다는 것을 말하고 싶었습니다. 보통 눈에 보이는 앞면만을 전부라고 생각합니다만 앞이 있으면 뒤가 있는 법입니다. 그 뒷면을 주목한 앨범입니다.

다음으로 정규 8집 <Poet>입니다. 이 앨범은 앨범 명처럼 시에 초점을 둔 앨범입니다. 처음 시인을 꿈꿨던 시절을 회상하며 시를 적어 내려갔습니다. 가수나 작곡가의 모습을 최대한 지우고 시인의 모습으로 작업했습니다. 정통 시를 좋아하시는 분이라면 좋아하실 앨범입니다.

마지막으로 정규 9집 <Question>입니다. 이 앨범에서는 질문을 던지고 싶었습니다. '과연 우리가 알고 있는 것이 사실일까? 알지 못했던 이면이 있는 것은 아닐까?'라며 질문을 던져 생각해 볼 수 있는 앨범입니다. 좋다고 믿었던 것이 좋지 않을 수도 있고, 나쁘다고 생각했던 것이 나쁘지 않을 수도 있습니다. 그 이면을 담은 앨범입니다.

목차

정규 7집 :

Enlighten
ment

정규 8집 :

Poet

정규 9집 :

Question

에필로그 : 이 책을 읽어준 그대에게

#정규_7집

Enlightenment

1. 부서진 여왕의 왕관

Broken Queen's Crown

익숙해진 왕관의 무게

편안해진 왕좌의 착좌

선반에 놓여진 부서진 왕관

이 왕관을 보며 항상 그날을 생각해

배를 타고 다니다 우연히 이 왕국에 정박했었지

나는 귀동냥으로 이곳의 왕은 결투로 정해진다는 것을 들었어

바다 위에서 겪었던 수많은 백병전

싸움질이라면 자신 있었어

나는 바로 왕국으로 달려가 왕관을 건 결투를 신청했어

왕은 내가 생각하던 폭군이 아니었어

머리는 하얗게 바랬고 얼굴은 주름으로 그늘져 있었지만

품위가 느껴지는 여왕이었어

여왕은 내게 말했어 오랜만의 도전자군요

당신이 나를 이기면 나의 모든 것을 두고 가겠어요

그리곤 여왕은 활을 들었어

검사가 아님에 잠깐 당황했지만 이내 집중을 했어

가슴 쪽으로 한발 머리 쪽으로 한발 무릎 쪽으로 한 발

날아오는 화살을 검으로 쳐내며 거리를 좁혔어

여왕이 다시 한 발을 쏘려 할 때 나는 몸을 날려 검을 내려쳤어

금속끼리 부딪치는 소리가 났고 이내 여왕이 말했어

당신의 승리군요 이 왕국의 모든 것을 두고 가도록 하죠

백성들을 잘 보살펴 주세요 새로운 왕이시여

검에 부딪힌 여왕의 왕관은 바닥에서 나뒹굴고 있었고

상처 하나 나지 않은 여왕은 커다란 문을 활을 든 채 나가고 있었지

부서진 여왕의 왕관이라

이제야 당신이 이해가 되는군요

선대시여

2. 몰락한 왕의 검

The sword of the downfallen king

나를 향한 도전자들은 이 나라의 백성들이었다

하루가 멀다 하고 도전자들이 들이닥쳤다

나는 단순히 새로운 왕이 할만하다고 생각해 덤벼드는 것인
줄 알았다

나 또한 피가 끓었고 도전자들과의 대결은 유흥이 되었다

나의 대결이 늘어갈수록 왕국은 시들어 갔다

해적의 침략은 늘어만 갔고 이를 방어하기 위해 희생이 생
기고

희생은 경제를 무너지게 만들었다

농부는 낫보다 검을 드는 일이 많아져 농사는 흉작이 되었고

상인은 해역 주변의 해적 때문에 해역을 나갈 수 없었다

나라가 기울어 가는데 왕은 싸움질만 하고 있다

도전자들의 도전은 왕권이 목적이 아니라

백성으로서의 시위였던 것이다

나는 이를 알아차리는데 너무 많은 시간이 걸렸다

이 왕관은 나의 것이 아니라는 것을 느꼈다

오늘도 도전자가 왔다

밝은 갈색 머리를 양 갈래로 땋은 어린 숙녀였다

그녀는 활을 들고 있었고 그녀의 얼굴에선 낯이 익었다
나는 그녀가 누군지 알 수 있었다
대결은 시작되었고 나는 날아오는 화살을 막지 않았다
화살은 손을 스치며 지나갔다
그녀도 이상함을 느꼈는지 화살을 쏘지 않았다
원래 너의 것을 돌려주마
나는 쓰고 있던 왕관을 그녀에게 씌어주고
손에 들고 있던 검을 그녀의 손에 쥐여주고 성을 빠져나왔다
그 몰락한 왕의 검을 보며 나와 같은 실수를 하지 않길 바라며
오랫동안 정박 중이던 내 배에 올라탔다
내가 있어야 할 곳으로 돌아왔다
나는 닻을 올렸다

3. Continue

Get Ready for the next battle
어렵사리 모은 오백 원짜리 동전 하나
내 모든 것을 한판에 걸어야 해
이 게임의 공략법도 몰라
차례차례 나오는 상대들을 맞아가면서 상대해야 해
하지만 절대 지면 안 돼
나에게 남은 동전은 없으니깐
긴장한 채로 동전을 넣어
이제 시작됐어 첫 번째 상대를 상대하면서
게임에 대해 알아가
식은땀이 나고 손이 덜덜 떨려
하지만 절대 질 수 없어
나에게 남은 동전은 없으니깐
첫 번째 상대를 쓰러뜨렸어
두 번째 상대는 더 어려워
첫 번째 상대를 상대하면서 익힌 기술들로 버텨
카운터 펀치를 날릴 기회를 엿봐
카운터를 날리고 보스까지 왔어

로딩을 기다리는 동안 옆자리를 봐

동전을 수북이 쌓아두고 보스를 잡고 있어

보스의 강력한 한방에 게임이 끝났지만 동전을 넣어 계속해

저런 사람들이 주변에서 알려준 공략법을 쓰고

계속 도전해서 언젠가는 보스를 잡겠지

그리고는 노력으로 성공했다고 할 거야

나는 공략법을 알려줄 사람도 없고 동전도 없는데

쫌 아이러니하네

로딩이 다 되었어

이때까지 익히 기술들을 발휘해 보스를 때려

이길 수 있겠다는 생각이 들었을 때 이때까지 보지 못한 기술
에 당했어

얼이 빠진 채로 화면을 쳐다봐

Continue

9 8 7 6 5 4 3 2 1

Game over

4. 거목

Giant tree

내가 이제야 막 돋아난 새싹일 때에는

강한 바람에 뽑히지 않게 막아주고

세찬 빗방울에 쓸리지 않게 덮어주고

쨍한 햇살에 마르지 않게 감싸주고

늘 나를 지켜준 든든한 고목

그 고목의 보살핌을 받아

풍파 한번 없이 성목이 되었네

이제 저도 다 자란 성목이 되었습니다

저를 더 이상 보호하지 않아도 됩니다 거목님

저도 거목님만큼 커지려면 저 스스로 바람 비 햇살을 받아야

합니다

거목님 이제 그 그늘을 걷어주세요

거목님이 너무 커 그늘을 걷을 수 없어

내가 스스로 거목님보다 클 수 있을까

거목님보다 더 커져서 스스로 빛을 볼 수 있을까

이대로 그늘 속에서 말라 죽지 않을까

거목님 저는 거목님만큼 훌륭한 나무가 되지 않겠습니다

저는 저의 방식으로 살아가겠습니다

나는 높이 크는 것이 아닌 넓게 크겠습니다
가지를 최대한 뻗어 바람에 씨가 날아갈 수 있게
가지를 최대한 펼쳐 빗방울에 목을 축일 수 있게
나뭇잎을 최대한 넓혀 햇살에 양분을 받을 수 있게
저는 이렇게 살겠습니다
보살핌 감사했습니다 거목님

5. 고독

loneliness

나는 사람이 좋았어
여러 사람들과 모여 시끌벅적하게
노는 것이 좋았어
새로운 사람을 만나는 것이 좋았어
모르는 사람과 친해지는 과정이 좋았어
대학교에 들어가면 인맥이 넓어질 거라 생각했어
선배 후배와 친하게 지내는 인사이더가 되고 싶었어
하지만 선배라는 것들은 미필인데 똥군기만 잡았어
어른이 되지 못한 어린이들이었지
후배를 잘 챙기는 존경스러운 선배가 되고 싶었어
하지만 과가 없어져 버려서 후배도 없어졌어
선배가 되지 못한 후배로 남았지
사람에 대한 회의감이 들었어
선배 동기 후배 무슨 의미가 있는지 의문이 생겼어
어차피 도움 하나 되지 않는데
나는 모든 것을 버리고 학교를 옮겼어
새로운 학교에서는 철저히 혼자 지냈어
학교에서 입 한번 떼지 않았어

어차피 대화할 상대도 없었어
철저히 혼자인 채로 졸업을 했어
새로 시작한다는 마음으로 대학원에 갔어
거긴 동기와 선배가 있을 거니깐
하지만 역병이 터져 얼굴 한번 보지 못했어
이제 학교를 떠나는데 말이야
이제 나는 누구의 도움도 받지 않아
그 시절에만 할 수 있는 것을 해보지 못한
잃어버린 청춘이란 생각은 들지만
나는 혼자 살아가는 법을 익혔어
나는 고독을 바른 독고
아무도 다가오지 마
고독을 즐기는 중이니깐

6. 귀신보다 사람이 무서워

밤이 두려웠어
어디서 나타날지 모르는 귀신들이
나를 덮칠 것 같았으니깐
하지만 이제는 알아
귀신은 없어
있다고 하더라도 어쩔 거야
나를 괴롭히다가 나도 귀신이 되면
누구의 원한이 더 클까
아마 민망한 상황이 펼쳐질 거야
이제 귀신이 무섭지 않아
귀신보다 사람이 무서워
귀신은 허상이고 사람은 현실이야
귀신은 갑자기 나타나 나를 놀래키지 않고
해코지를 해 아픔을 주지 않아
화려한 웅변으로 그럴듯한 사기도 치지 않고
귀신들끼리 작당 모의를 해 뒤통수치지도 않아
귀신은 사람을 해치지 않아
사람은 사람이 해치지

귀신은 허상이고 사람은 현실이야
허상을 두려워할 필요 없어
허상은 상상을 지우면 돼
귀신보다 사람이 무서워
현관문 잘 잠갔는지 다시 한번 봐야겠다

7. 나만의 새벽

My own dawn

수많은 소리 수많은 불빛

수많은 사람들 속에서 정신없는 하루를 보내고

집으로 돌아와 잠시 적막을 즐기다

하루의 가식을 씻어내

이제는 온전해진 나로

나로 돌아와

이부자리의 포근함을 느껴

내일을 위해 일찍 자야겠지만

나로 있는 시간이 아쉬워

책을 읽기도 하고

영화를 보기도 하고

오락을 즐기기도 해

내가 내는 소리 외에는 소리가 없고

내가 켜둔 전등 외에는 불빛이 없는

순순히 나로 이루어진 새벽

가장 나다운 시간

새벽은 아무도 방해할 수 없는 나만의 휴식 시간이야

온전히 나로 있을 수 있는 나만의 새벽이야

8. 노을은 알아주겠지

The sunset will know

저 넘어가는 노을은 내 마음을 알아주겠지

저 넘어가는 노을은 내 넋두리를 들어주겠지

저 넘어가는 노을은 내일도 나를 찾아와 주겠지

노을은 알아주겠지

대답 없는 저 노을은 알아주겠지

저 노을은 내 마음을 알아주겠지

노을은 내가 무슨 말을 해도 나를 바라봐 주니깐

노을은 묵묵히 들어주니깐

노을은 절대 말하지 않으니깐

노을은 모든 것을 안고 가주니깐

노을은 대답해 주지 않지만 위로해 주니깐

노을은 언제나 내 편이니깐

노을은 언제나 찾아올 거니깐

저 노을은 내 마음을 알아주겠지

9. 느린 호흡

세상은 언제나 나의 호흡보다 빨라

세상을 따라가려면 언제나 가쁜 호흡을 해야 해

가쁜 호흡은 심신을 지치게 만들어

세상을 따라가기도 벅차지만

나 자신을 잃어서도 안되지

호흡을 천천히 나의 숨결에 맞게

호흡 하나에 온전한 나를 담게

천천히 나와 흐름을 맞춰

동기화된 호흡은 더욱 천천히

느린 호흡으로

아주 느리게 호흡을 맞춰

세상이 잊혀질 만큼

호흡과 나만이 존재하듯이

호흡 하나에 흐름을 맞춰

때로는 느린 호흡이 필요해

아주 느리게

천천히 천천히

10. 뒤영벌

Bombus agrorum

뒤영벌이라고 알아

그 포동포동하게 생긴 벌 말이야

보통 호박벌로 불리는 그 벌 말이야

원래 그 벌은 날 수 없대

자기 몸에 비해 날개가 너무 작아서

원래는 날 수 없는 벌이래

그렇지만 뒤영벌은 날 수 있어

신기하지 않아

날 수 없는데 날 수 있다니

그건 뒤영벌이 자신이 날 수 있다고 믿고 있어서래

자신이 당연히 날 수 있다고 생각하니깐 날갯짓을 하는 거야

그래서 날 수 있대

뒤영벌은 자신이 못 난다는 것을 생각하지 않았어

우리도 똑같아 자신이 할 수 있다고 생각하면 할 수 있어

다른 사람들이 볼 때는 터무니 없게 보이겠지

쟤가 할 수 있다고 하는 것을 봐라 할 수 있겠나라며

불가능을 선포하겠지

그래도 자신을 믿는 거야 못한다는 것은 생각도 안 하는 거야

나는 원래 날 수 있는 사람이다 생각하는 거야
자기를 자기 자신이 안 믿으면 누가 믿어주겠어
할 수 있다고만 생각하는 거야 자기 자신을 믿어
힘들고 지치면 뒤영벌처럼 꽃 속에 머리를 박고 쉬어가면 돼
나는 원래 할 수 있는 사람이니깐

11. 바보가 돼

남자는 말이야

좋아하는 사람 앞에서는 바보가 돼

좋아하는 사람이 가지고 싶은 것이 있다면

생각도 하지 않고 사버려 깜짝 선물로 주고 싶어서

정작 자신은 며칠 굶어야 되지만 말이야

좋아하는 사람의 무리한 부탁을 받는다면

아무리 힘들고 귀찮은 일이라도 거절하지 못해

이번 일로 호감을 쌓으려고 승낙해 버려

정작 자신은 땀을 뻘뻘 흘리지만 말이야

좋아하는 사람이 걱정되는 일이 생기면

자기 걱정은 하지 않고 무작정 달려가

그게 늦은 밤이라도 잘못되는 상상에 안절부절못해 참을 수가 없거든

정작 자신은 몇 시간을 걸어 집에 돌아가지만 말이야

좋아하는 사람이 자신을 좋아하지 않더라도

남자는 좋아하는 사람에게 모든 것을 희생하는 거야

남자는 그럴 거야

남자는 좋아하는 사람을 생각하면 바보가 되니깐 말이야

그게 남자인 거야

12. 방구석 폐인

언제 밖으로 나갔는지 기억이 안나
하루 종일 방에 틀어박혀 키보드만 두들기고 있지
남들이 보기에는 방에서 헛짓거리만 하는
사회성 떨어지는 쓸데없는 방구석 폐인
밖으로 나가 사람이라도 만나라고 하지만
어차피 사람 만나봐야 상처나 받고
돈이나 털어먹을 뿐이야
그리고 애초에 난 친구도 없어
나는 내 방에서 나만의 아지트를 구축해
이곳은 단지 방이 아니야 나만의 새로운 세상이야
나를 뜯어먹고 버린 것들에 대한 진혼곡을 준비해
출세한 나를 보고 배가 아파 죽도록
그대들을 향한 복수의 칼날
마음껏 비웃어 둬 최후의 승자는 나일 거니깐
자신도 모르게 자신을 나와 비교하고 있겠지
처량하겠지 어느 것 하나 우위가 없으니
너를 위한 진혼곡이 준비가 됐어
진득하게 감상하길 바라

나는 방 속에 숨은 방구석 폐인이 아니야
나는 숨죽인 채 복수의 칼날을 갈고 있는 올드보이
날이 서거든 달이 지는 밤에 찾아갈게
좋은 꿈 꾸고 있길 바라
굿나잇

13. 분함을 간직해

실패를 하였는가

스스로도 고통스럽겠지

공든 탑이 무너진 느낌일거야

다시 쌓으려면 눈앞이 깜깜하겠지

다시 돌을 집어 기초부터 다시 쌓아 올라갈 거야

스스로도 서러울 거야

그런데 이런 모습을 보고 꼭 한마디씩 던지고 가

그럼 그렇지라고 무시하고

쟤가 그렇지라고 멸시하고

뭘 저렇게 해라고 천시하고

그럴 줄 알았다라고 괄시하는

주변 사람들이 생기겠지

억울할 거야 화가 날 거야 소리치고 싶을 거야

분한가 그럼 그 분함을 간직해

너를 업신여긴 그 상황들을 기억해

저들에게 보여주는 거야 내가 누군지

지금 할 수 있는 최고의 복수는 목표를 이루는 거야

성공해서 저들의 콧대를 눌러버리는 거야

성공한 모습을 보고 표정을 바꾸겠지
자신들이 이 성공에 일조했다는 듯이 말이야
그럴 땐 철저하게 무시해
눈길도 주지 마
이 성공은 오롯이 자신의 것이야
이 승리를 즐겨 저 패배자들을 보면서 말이야

14. 사이버 머니

Cyber money

현금을 언제 마지막으로 만져보았는가

기억조차 나지 않는 까마득한 옛일

요즘은 현금은커녕 지갑조차 필요 없어

계좌로 들어오는 월급

카드로 빠져나가는 돈

잔액조회는 작은 액정이면 충분해

내가 느끼기엔 마치 사이버 머니

나는 이세계를 살아가는 게임 캐릭터 같아

출근과 퇴근을 반복해 달마다 정해진 날에

계좌로 들어오는 봉급

현금 뭉치를 만지는 것이 아니라서 별 감흥이 없어

마치 게임 머니

잔액에 공이 몇 개 더 붙어도 별 감흥이 없어

별로 기쁘지 않아 단지 숫자만 많아진 느낌이야

돈에 대한 감각은 점점 더 떨어져

가격표 또한 숫자로만 이루어져 있으니

그냥 뺄셈 느낌이야

가격표 대신에 돈다발을 붙여놓으면

확실히 체감될 텐데
나는 마치 이세계를 살아가는 게임 캐릭터 같아
현금만 들고 다니면 감각이 되살아나려나
초등학생 때 100원을 쪼개고 쪼개 썼던 것처럼 말이야

15. 선과 악

완전한 선이란 것이 있나

완전한 악이란 것이 있나

완전한 선이라 생각되는 행동이라도 어떤 이에게는 악이 될
수 있어

완전한 악이라 생각되는 행동이라도 어떤 이에게는 선이 될
수 있어

완전한 선은 없어 완전한 악도 없어

선과 악은 태초에 한 몸이야

에덴동산에 있던 선악을 알게 하는 나무

그 열매를 따 먹음으로써 인류가 시작되었다면

뱀이 우리의 창조주

뱀이 아니었으면 발가벗은 채로 사육당하는 가축이 되었겠지

선을 아는 것이 악이라면 나는 기꺼이 먹겠어 선악과

선악과를 먹지 않았더라면

배고픔을 없애주는 양식을 구했다는 안심도

추위를 없애주는 옷감을 구했다는 안도도

자식을 낳아 대를 이어 나가는 평안도

느낄 수 없었겠지

부끄러움을 아는 것이 악인가
배고픔을 아는 것이 악인가
괴로움을 아는 것이 악인가
죽음을 아는 것이 악인가
무엇이 선이고 악인가
무엇이 옳고 그른가
완전한 선이란 것이 있나
완전한 악이란 것이 있나
완전한 것이 없는 선과 악
완전히 따 먹겠어 선악과

16. 양말

돈이 없었던 커플이 할 수 있었던

유일한 커플 아이템 양말

천 원 한 장으로 맞출 수 있던 서로에 대한 애정

비록 바지와 신발에 가려져 아무도 알지 못했지만

서로만의 비밀이 생긴 것 같아 간질간질했던 마음

꼭 한 짝과 한 짝이 있어야 완성되는 한 켤레

꼭 우리와 우리가 있어야 완성되는 우리처럼

양말도 그러했지

그런 양말도 한 짝을 잃어버리고 구멍이 뚫리고 헤져버리면

한 짝이 멀쩡하더라도 쓸모가 없어져 버려

내가 마치 너에 대한 고마움을 잊어버려서 마음에 구멍을

뚫고

사랑이 헤져버린 것처럼 한쪽이 완전하더라도

그건 하나가 될 수 없었어

양말로 서로를 표현했던 것처럼 우린

양말처럼 각각의 한 짝이 되었어

양말밖에 살 수 없었던 우린

양말처럼 끝이 나게 되었어

양말이 한 짝밖에 없다면
그 양말 한 짝은 버려질 수밖에 없었던 거야
비록 멀쩡하지만 말이야

17. 연식

태어날 때는 상처 하나 없이 보들보들하게 태어나

걷기 전까지는 작고 소중한 것을 다루듯이

보물을 다루듯이 보살펴져

혹여나 스스로 상처를 낼까 단풍잎 같은 손에 벙어리장갑도
끼워봐

기고 걸으면 이리저리 부딪히고 넘어져서 멍이 들어

말을 못 하니 울기만 해

연식이 10년쯤 되면 생채기가 생기기도 하고

가끔 크게 까지지만 크게 개의치 않아

약 바르고 하룻밤 자고 일어나면 다 아물어 있어

상처가 잘 아무니 몸을 소중하게 다루지 않아

긁히고 파여도 원상복구가 되니 대수롭지 않아

연식이 25년쯤 되면 모든 상황이 달라져

생채기가 생기면 잘 낫지 않고 나아도 꼭 흉터가 생겨

혹여나 큰 상처가 생기면 병원에 가지 않고서는 낫지도 않아

겉은 그렇다 쳐도 속은 더 심해

척추 마디 마디가 우리하고 관절마다 저릿하고

밥을 먹으면 소화도 안 돼

생산되고 오래되면 어쩔 수 없나 봐

몸이 점점 느려져 시간이 빨라진 느낌이야

이제 복구가 안 되는 곳들이 부서져 가니 이제라도 살살 다뤄야 해

연식에는 장사가 없어

18. 영앤리치

돈이 중요하다고 생각하지 않았어

이루고 싶은 꿈이 있고

그것을 해나갈 젊은 나이를 가지고 있었기에

돈은 그렇게 중요하지 않았어

젊어서 가난한 것이 당연하다 생각했어

주변에서도 학생이 돈이 어디 있냐는 말을 자주 했기 때문에

돈이 없는 것을 당연하다고 생각했어

하지만 그 말은 틀렸어

하루라도 젊을 때 큰돈을 벌어야 해

시간을 역행해 시간을 돈으로 살 수 없어

젊음은 영원하지 않고 하루하루 나이를 먹어가

지금 이 나이는 다시는 살 수 없는 귀중한 자산이야

거기에다 돈까지 많으면 빛빛빛빛

휘황찬란 금상첨화겠지

젊을 때 돈이 많아야 이 젊음의 시련을 넘길 수 있어

돈이 없어 흘렸던 눈물이 얼마나 많은가

비참했던 순간에 돈만 있었으면

그 순간은 아무 문제 없는 하루였을 거야

돈 때문에 버린 청춘의 값은 훨씬 값졌을 거야
이제 다신 나의 하루를 돈에게 팔지 않을 거야
나는 돈으로 행복을 사겠어
돈이 나의 젊음을 살 수 없으니깐
이제 다신 젊음을 팔지 않아

19. 오래된 게임

사람들이 내게 말해
아직도 그 게임을 하냐고
초등학생 때나 하던 게임 그만하고
새로 나온 갓겜이나 같이하재
이건 단지 사람들이 떠나간
아무도 하지 않는 오래된 게임이 아니야
이 게임에는 내가 살아온 삶이 녹아있어
흰템으로 잡던 고블린
운이 좋게 획득한 유니크 아이템
기껏 돈과 시간을 들여 키워놨던 캐릭터들이
해킹 한 번에 모든 것이 날아갔던 일
허망해서 잠시 떠났던 적은 있지만
복귀하지 않은 적은 없어
오래된 게임에는 내가 녹아있으니깐
아직 끝나지 않은 이야기를 기다려야 하고
새로 나오는 던전에도 가봐야 해
캐릭터가 성장할 때 나도 같이 성장했으니깐
이건 단지 오래된 게임이 아니야

나와 함께 성장한 벗이야
이 게임은 어린 시절을 기록한 사진첩이자
아직 끝나지 않은 시리즈 영화야
오래된 게임은 더 이상 게임이 아니야
내 삶의 일부야

20. 이사

난 어릴 적에 친구들이 이사를 한다는 말을 들으면 부럽다고
말했어

태어나서부터 쭉 이사 한번 한 적 없이 같은 집에서 살았으
니깐

이사를 하는 것이 재밌는 일인 줄 알았어

마치 여행처럼 말이야

짐을 싸고 새로운 집으로 가서 짐을 풀고

새로운 곳으로 가는 즐거운 놀이인 줄 알았어

나는 모든 집이 자가인 줄 알았어

전세와 월세는 있는지도 몰랐어

아마 그 친구들은 계약 기간이 끝나 이사를 가야 하는 것이
었겠지

집을 옮기기 싫었어도 어쩔 수 없이 떠나야 하는 것이었겠지

그런 상황에서 나는 부럽다고 했으니 무슨 생각이 들었을까

아직까지도 미안한 생각이 드네

이사를 가면 더 좋은 집 더 넓은 집으로 가는 것인 줄 알았어

하지만 그런 사람이 몇이나 될까

집을 구하러 다니는 것부터 시작해 준비된 자본에 끼워 맞춘

집들을 둘러보고 집주인과 만나 계약을 하고 중계비를 주고
이삿짐센터까지 알아봐야 돼
집 하나 옮기는 게 보통 일이 아닌데
나는 부럽다고 해버렸네
부끄럽네

21. 작은 벌레

저 벽에 붙어있는 작은 벌레는 무슨 생각을 할까

하루 종일 벽에 붙어 가만히 있는 것이 다인데

저 작은 벌레는 어떻게 태어났을까

저 작은 벌레는 어디서 왔을까

저 작은 벌레는 무엇을 먹을까

저 작은 벌레는 왜 있는 것일까

저 작은 벌레도 분명 존재하는 이유가 있겠지

아무 역할도 하지 않는 것은 어디에도 없으니깐

저 작은 벌레도 무엇인가 생각을 하겠지

저 작은 벌레도 해야 할 것이 있겠지

저 작은 벌레도 살아갈 이유가 있겠지

가만히 있는 것처럼 보여도 해야 할 것을 하고 있는 중이겠지

벽에 붙어있는 것이 존재 이유라면 저 벌레의 후손은 없었겠지

저 벌레가 매년 보이는 것을 보면 해야 할 일을 다 했다는 거겠지

자기 할 일을 하고 자손을 남긴 거겠지

내가 봤던 작은 벌레들은 모두 자기 삶의 임무를 완수한 거

겠지

존재의 이유가 없는 것은 어디에도 없으니깐

22. 지는 해

언제나 찍었던 정상

당연하게 생각했던 정상

내가 하고 싶은 것들만 해도 언제든지 빛났어

빛이 가려졌을 때도 내가 정상이라 생각했어

단지 구름에 가려졌다 생각했어

조금 어두워졌을 때는 일식이라고 생각했어

하지만 아니었어 나는 산 뒤에 있었어

나는 지는 해인가 지고 있었던 건가

불안하다고 생각이 들기는 했어

언제까지 있을 수 없다고 생각하기는 했어

잠시 가려질 거라 생각은 했지만

지고 있는 것이라 생각하지 못했어

나는 지는 해였어 지고 있는 것이었어

아니야 나는 지는 해가 아니야

돌아가고 있는 것은 너야

네가 돌아간다면 돌아간 만큼 빛을 받겠지

나는 지는 해가 아니야

나는 스스로 빛나는 별이야

나는 언제나 빛나
가려지지 않는 별이야
이제 보여주겠어 지지 않는 해
마치 백야

23. 집착은 더 심해져

만나고 싶은데 만날 수 없고

보고 싶은데 볼 수 없어서

SNS에 게시된 사진을 보고

어떻게 지내는지 궁금해 게시물을 찾아봐

그럴수록 그리움이 해소되는 것이 아닌

집착만 더 심해질 뿐이야

이루어질 수 없는 것을 바라는 것은

신기루를 따라가는 것 뿐이야

집착만 더 심해질 뿐이야

집착은 질투를 낳고 질투는 시기를 낳아

시기는 분노를 낳고 분노는 광란을 낳아

그리움과 집착은 한 끗 차이야

두 개를 동시에 없애는 방법은 생각하지 않는 것이야

머릿속에서 계속 맴돌겠지 궁금하겠지

그래도 생각하지 말아야 해

집착을 끊지 못한다면 증폭이 될 뿐이야

집착은 광란을 낳을 뿐이야

머릿속에서 완전히 지워

24. 천재는 없어

No genius

사람들이 나보고 말해 천재라고

언제나 1등을 하니 그럴 만도 하지

머리가 타고났다는 말은 수도 없이 들었어

다들 수재라고 칭했지

누구는 악마와 계약했냐고 우스갯소리로 말하더라

딱 잘라서 말할 게 나는 천재가 아니야

아무도 없을 때 시작해 아무도 없을 때 끝을 내

그렇게 매일을 보내

라이벌은 없어 단지 내 속의 다른 나와 싸울 뿐이야

남들에게 천재라는 소리를 들으면 기분이 나빠

꼭 머리가 좋아 노력하지 않았다는 듯이 말하잖아

당신들은 몰라 내가 얼마나 노력하는지

아이러니하지

내가 제일 잘하는데 내가 제일 열심히 해

나도 내가 열심히 하지 않고 제일 잘했으면 좋겠어

그럼 혹시나 미끄러져 떨어질까 걱정하지 않아도 되잖아

나에게 평가는 꼭 벼랑 끝의 무대 같아

여기서 떨어진다면 나는 비운의 천재가 되겠지

나는 천재가 아니야
내가 노력한 것을 생각하면
이 결과도 만족 못 해
내가 꼭 노력하지 않은 듯이 말하지 마
나는 악마와 계약하지도 않았고
머리가 좋은 수재도 아니야
이 세상엔 천제는 없어
단지 자신과 씨름 중인 아무개만 있을 뿐이야

25. 초식남

초식남을 불쌍하게 여기지 마라
외로움마저 느끼지 못하니
초식남이 한 번이라도 육식을 했다면 그건
잡식이 아닌 육식남이 되어버린 것이니
초식남으로 돌아가지 못해
초식남은 수컷으로서 육식을 즐기거나
암컷을 지녀본 적이 없으니
육식이 당기거나 암컷에게 페로몬을 품기는 일이 없으니
초식남은 수컷으로서 역할을 한 적이 없으니
육식의 위험성을 모르고 암컷에 대한 책임감이 없으니
그저 초식을 하는 것뿐이다
초식남은 그저 평온하다
산과 들을 자유롭게 뛰놀며
바람을 맞을 뿐이다
저 들 야의 수컷들이 육식을 하며
암컷을 차지하려 이빨을 세울 때
초식남들은 그저 자유를 즐길 뿐이다
초식남들의 무색무취는 자신의 영역을 지키는 위장일 뿐이다

육식의 맛을 모르는 초식남들은 육식에 대해 관심이 없다
암컷을 유혹하는 페로몬을 풍기지 않는다
그저 자신만의 자유를 맛볼 뿐이다

26. 카메라 뒤

오늘의 concept은 침대에 누워 소통하는 느낌

화면 가득히 차지한 내 모습

마치 잠들기 전 하는 굿나잇 인사

송출되는 모습은 홀로

올라온 글에 대답을 해주고

요청되는 캡처 타임에 pose를 취해

카메라에 비친 모습으로는 아무도 모르겠지 카메라 뒤

이 모든 것이 팬들을 위한 concept

카메라 뒤에서 이런 나를 바라보는 수많은 눈

물론 나를 위해 이 모든 것을 준비해 주신 고마운 분들

그러나 이것 또한 비즈니스

정해진 시가까지 정해진 소통을 해야 해

내 손에 쥐어진 카메라를 모니터링하고 각도를 잡아

그늘지지 않게 조명을 비춰

읽어야 할 글을 정해주고 스케치북에 적힌 대답을 읽어야 해

이 모든 것이 카메라 뒤의 비즈니스

카메라 앞의 난 혼자인 척 연기를 해야 해

카메라 앞에는 나 혼자이니깐

침대에 누워있다가 심심해서 켠 라이브인 concept이니깐
카메라 뒤는 보이지 않는 곳이니깐 알 수 없는 곳이니깐
이 부담감은 홀로 느끼면 돼
카메라 앞을 보는 팬들은 모르니깐

27. 텅 빈 전화번호부

나의 전화번호부에 적힌 수많은 번호들

이 번호 한 줄 사람 한 명과도 같으니깐

이때까지 살면서 많은 사람들을 만나온 거겠지

초등학생 때 친구 중학생 때 친구 고등학생 때 친구 대학생 때 친구

사회에서 만난 사람들까지

정말 많은 사람들이 타임머신처럼 기록되어 있어

그런데 왜 나는 마치 전화번호부가 텅 빈 것처럼 느껴질까

텅 빈 전화번호부 텅 빈 전화번호부

어디야 나와 만나 전화할 사람 없는

숫자들로 가득 채워진 텅 빈 전화번호부

전화번호부에는 사람이 아닌 숫자뿐이네

기쁘고 즐거운 일에 희열을 나눌 사람이 없고

힘들고 괴로운 일에 술잔을 나눌 사람이 없고

슬프고 외로운 날에 위로를 나눌 사람이 없어

이 수많은 숫자들이 의미하는 것은 뭘까

그저 지나온 기록지 같은 것인가

전화를 걸 수 있는 사람이 아무도 없어

나의 전화번호부는 텅 비어져 있어
텅 빈 전화번호부 텅 빈 전화번호부
숫자들로 가득 채워진 텅 빈 전화번호부
전화번호부에는 사람이 아닌 숫자뿐이네

28. 행복했음 좋겠어

Wish you happiness

나는 그대가 행복했음 좋겠어

그대가 언제 어디서 무엇을 어떻게 누구와 있던

나는 그대가 행복했음 좋겠어

나와 함께 했던 시간들에는 행복이 부족하니깐

그대 옆에 누군가가 있다면

부디 채우지 못한 행복을 넘치도록 채워주길 바라요

그대의 행복은 언제든지

그대의 행복은 어디든지

그대의 행복은 어떻든지

그대의 행복은 누구든지

채워져야 하니깐

나는 그대가 행복했음 좋겠어

내가 아닌 다른 누구라도

그대가 행복하다면 됐어

나는 그대가 행복했음 좋겠어

내가 이렇게 그대의 행복을 바라는 것을

그대가 모르더라도

나는 그대가 행복했음 좋겠어

그대만 행복하다면 나는 그것으로 됐어
그대는 행복을 받아 마땅한 사람이니깐

Revolution right

대한민국 헌법 제24조
모든 국민은 법률이 정하는 바에 의하여 선거권을 가진다

고귀하시고 존엄하신 윗세계 사람들이 납셨네
신경도 쓰지 않고 버려놓은 아랫세계에 오니 적응이 안 되지
가지도 않는 전통시장 이곳저곳 돌아다니면서
주는 거나 덥석덥석 받아먹고 흙 묻은 오이를 생으로 먹지
우리도 흙은 안 먹어 미천한 것아
아랫세계 것들이 먹는 것을 먹는다고
먹지도 않는 게 돼지국밥을 시켜 맹 걸로 퍼먹네
국밥은 그렇게 먹는 게 아니야
국물 적신 밥에다 깍두기 올려서 먹으면 인정해 줄게
국밥도 모르는 게 어디서 화합을 논해
군대에 발 한번 들여본 적 없는 게 군대는 왜 찾아가
걸치고 있는 군복의 무게를 알기나 해
안 입어 봤으니 알 턱이 있나
소총은 바주카포가 아니야 어깨 위에 올린 개머리판 얼른 때
그리고 총소리는 탕이 아니라 펑이야

나에게 주어진 무혈혁명의 총칼

최악을 면하기 위한 차악을 고르는 선택지

아랫놈들이 유일하게 윗놈들을 찌를 수 있는 권력

내 목숨과도 같은 무게를 그리 쉽게 줄 순 없지

어디 한번 지껄여 봐

고귀하고 존엄하신 분들이 왜 이 시기만 되면 무릎을 꿇으실까

자기 무릎만 아프지 연기인 거 아니깐 빨리 지껄이고 일어나 꼴을 보기 싫으니깐

소중한 한 표 행사해 달라고 그럼 이리 와봐

뻣뻣한 목 풀고 고개 숙여봐 내가 찍으면 너는 뭐 해줄 건데

이게 협상의 기본 아니야 뭔 근거도 없이 남의 것을 달라고 그래

저기 옆에 있는 놈이 더 마음에 드는데 자존심 챙기지 마 그러다 너 재한테 뒤져

나에게 주어진 무혈혁명의 총칼

최악을 면하기 위한 차악을 고르는 선택지

아랫놈들이 유일하게 윗놈들을 찌를 수 있는 권력

내 목숨과도 같은 무기를 쉽게 줄 순 없지

둘 중 한 명은 무기를 더 많이 받은 놈한테 뒤질 텐데

어디 한번 기어봐

어차피 거짓말인 거 다 알아

지들 배때기만 부풀리려는가 다 알아

다 알고 있으니 살려달라고 빌빌 기어봐

30. 훌륭한 사람

할머니께서는 내가 어렸을 적에

귀가 닳도록 하신 말씀이 있어

훌륭한 사람이 되거라

판사 검사 변호사 목사 같은

사자 직업을 가진

훌륭한 사람이 되거라

할머니께서 생각하시는 훌륭한 사람은

인격적으로 훌륭한 사람이 아니었어

많은 돈과 사회적 지위가 높은 사람

돈과 명예를 앞세워

남들에게 자랑할 수 있는 사람

그런 사람을 훌륭한 사람이라고 생각하셨어

그런 바람과는 달리 손자는 가수가 되었습니다

할머니께선 저를 자랑스러워 하셨을까요

아뇨 손자놈 다 키워놨더니 딴따라가 되었다고 개탄하셨겠죠

사자 직업이 아니면 직업도 아니라고 생각하셨으니까요

그런 손자가 세상을 바꾸는 중입니다

오직 목소리 하나로요

하늘에서 지켜봐 주세요
손자가 얼마나 훌륭한 사람인지

31. 흑화

원래 때가 묻어있던 사람은 흑화되지 않아

흑화되는 사람은 때 타지 않은 순백색의 사람이야

처음으로 때가 묻었을 때는 자신을 자책하겠지

더러운 게 묻었다면서 양심의 가책을 느끼겠지

자신의 과오로 묻은 때가 아니더라도 말이야

그때가 한 번 두 번 더 묻으면 제맛을 알게 돼

자신이 어리석었다고 말이야 자신이 정직해서 손해 보고 있었다고 생각할 거야

이제 스스로 색을 묻혀 어떤 색이든 상관없어

자신에게 이익만 된다면 무엇이든지 해

어쩌다 예전의 자신과 같은 순수한 사람을 본다면

세상을 모른다고 하겠지 이렇게 편하고 쉽게 이득을 볼 수 있는데 말이야

그래도 얼룩덜룩해지긴 했지만 아직까지 양심은 있지

이제 검은 물감에 손이 가기 시작해

자신도 알아 이래도 될까 돌아갈 수 없는 선택을 하는 것이 아닐까

고민이 돼 처음에는 소심하게 한 방울을 떨어뜨려

여지껏 보지 못한 새로운 세상을 보게 돼

이제 브레이크는 없어 한 방울 두 방울 세 방울 있는 대로 다
써버려

이제 양심 따위 남아있지 않아

하얀색은커녕 다른 색도 찾아볼 수 없는 완벽한 검은색

겉으로는 하얀색인 척 연기를 하지만

실상은 검은색이지

흑화는 그렇게 되는 거야 순수할수록 색은 선명해지지

어떤 색이든 색은 섞이면 검어지니 말이야

#정규_8집

Poet

1. 1초

1초

아무것도 아닌듯한

1초

초침이 한번 째깍인다

1초

그렇게 1초가 지나갔다

1초는 순식간이지만

그 시간을 되돌릴 수 없다

1초 1초 1초

1초가 모인다

1초가 모여

1분이 되었다

1분 1분 1분

1분이 모여

시간이 되었다

시간과 시간이 모여

인생이 된다

아무것도 아닌 듯한

1초가 모여

인생이 된다

1초가 소중하다

소중한 1초를 지나가며

살아가고 있다

1초 1초 1초

인생이 되는

1초

2. 겨울 하늘

Winter Sky

누군가 나에게 가장 좋아하는
계절이 무엇이냐 묻는다면
망설임 없이 겨울이라 답할 것이다
손끝을 가르는 차가운 공기
구름 한 점 없이 높은 하늘
얼어붙은 몸을 녹여주는
따뜻한 햇살
그 조화가 나는 좋다
특히 겨울 하늘
연파랑과 연하양을 섞어놓은 듯한
그 청명한 색
가려지는 것 하나 없는 탁 트인
광활한 청광
겨울 하늘을 보고 있으면
나 또한 잔잔해진다
그래서 나는 겨울 하늘이 있는
겨울이 좋다

3. 고마움을 모르는 자

인간이 아무리 망각의 동물이라지만
어려운 시기에 받았던 고마움은
너무나 쉽게 잊어버린다
도움을 준 사람의 희생은
생각지도 못한 채
자신의 능력으로 위기에서
벗어났다고 생각한다
인간이란 그런 사람이다
좋은 것은 내 탓을 하고
나쁜 것은 남 탓을 한다
그러나 나쁜 일은 두고두고 곱씹는다
복수를 위해 평생을
바치는 자도 있지 않은가
나쁜 것은 되새기지만
좋은 것은 잊어버린다
그러므로 도움을 받았으면
두고두고
고마움을 표해야 한다

도움을 준 자를 기억하지 않는다면
도움을 준 자는 그대를
두고두고 곱씹을 것이다
고마움을 모르는 자여
그대에게 선인이었던 자를
악인으로 돌리길 바라는가

4. 고인물

물은 흐른다
물은 흘러야 한다
모든 물은 흘렀을 것이다
서로가 서로에게 안겨
한 몸으로 흘렀을 것이다
물은 흘러야 한다
그래야 썩지 않는다
흐르지 않는 물이 있다
흐르지 않지만
증발하지 않는 물이 있다
저 물도 흘렀을 것이다
구름 비 냇가 강 바다
끊임없이 순환했을 것이다
저 물은 흐르지 않는다
스스로 고여버렸다
다른 물과 얘기하지 않고
다른 물과 협동하지 않고
다른 물과 교류하지 않고

스스로 고여버렸다
고인 물은 부패한다
자신의 생각을
스스로 검증한다
실수를 찾을 수 없다
오류를 찾을 수 없다
그리곤 만족한다
고인물은 썩는다
고인물은 썩는다
반드시

해가 다 지고 나서야

집으로 향하는

발걸음을 걷는다

좁고 누추한 골목길에는

밝지 않은 가로등만이

나아갈 길을 비춰준다

오늘 하루도

깨지고 부서진 나는

언제나 그랬듯 동내 어귀

허름한 국밥집으로 발을 옮긴다

불이 켜져있는 국밥집으로 들어간다

철재로 된 미닫이문이 항상

철그렁 철그렁

소리를 내며 열린다

언제나 가장 저렴한

돼지국밥 한 그릇과

소주 한 병을 시킨다

국밥 한 술

소주 한 잔
그리곤 흐느낀다
나는 다정한 남편이자
강인한 아버지다
우리 집에선 내가
흘릴 수 있는 눈물은 없기에
국밥 집에서 나는 초라해진
눈물을 적신다
나의 모든 괴로움과 설움은
이곳 국밥 집에 흘리고 간다
내가 다 지고 나서야
우리 집으로 향하는
발걸음을 걷는다

6. 꼰대

내가 알고 있던 꼰대의 뜻은

다른 사람의 말을 듣지 않고

시대에 맞지 않는 사고로

타인에게 자신의 주장을

강요하는 연장자였는데

시대가 변하다 보니

꼰대의 뜻이 변해버린 것 같다

요즘은 어른이 꼰대가 되어버렸다

나보다 먼저 살아오신

선생님이 되어야

알 수 있는 것이 있다

삶의 지혜

삶의 지혜는 경험하지 않고서는

절대 깨우칠 수 없다

그러나 젊은이들은

어른의 말을 듣지 않는다

인생을 먼저 살아온 선생으로서

조직을 먼저 겪어본 선배로서

조언을 하는 순간
꼰대가 되어버린다
젊은이들은 자신의 생각과 같지 않으면
상대가 틀렸다고 한다
그러곤 자신의 생각을 밀어붙인다
어른의 말씀이 꼰대의
헛소리로 변해버렸다
나는 잘 모르겠다
누가 꼰대인지

7. 나로 쓰여진 기억

세상이 점점 빨라진다
세상은 0과 1로 인하여
빠르게 변하고 변화한다
그만큼 내가 기억해야 할 것들이 늘어났지만
기억 또한 0과 1로 되어있다
0과 1은 쉽게 변하고 변형된다
나의 기억을 온전히 맡길 수 없다
나는 작은 칼을 손에 쥐고
나무로 된 연필을 조각한다
흑연의 냄새가 흩날린다
책장에서 먼지를 덮고 자는
공책 하나를 깨운다
연필로 나를 기록한다
나로 인해 쓰여진 나는
절대 변하지 않을 것이다
연필로 쓰여진 기록은
나의 기억이다
나의 기억을 다시 책장에 꽂는다

내 기억은 다시 먼지를 덮을 것이다
그러나 내가 다시 상기하지 않는다면
절대 변하거나 변색되지 않을 것이다
나는 나를 책장에 넣었다

8. 돈으로 살 수 없는 것

Something that money can't buy

내가 어릴 적 어른들께서는

건강이 최고다

건강만 해라

라고 많이 말씀하셨어

나는 어리고 젊었기에

건강이 왜 최고인지

이해하지 못했어

돈 들고 병원에 가면

고쳐줄 텐데라고 생각했어

이제는 알아

건강은 돈으로 못 사

돈이 셀 수 없이 많아도

돈으로 병원을 사도

병들어 버린 몸을 고칠 수 없어

돈으로 건강을 살 수 없어

살아가기 위해서는

돈이 중요하지만

자신의 몸보다

값어치 있는 것은 없어
자신이 죽으면 모든 것이 사라져
어쩌면 태초의 모습으로
돌아가는 것인지도 모르지
그러니 자신의 건강을 팔아
돈으로 바꾸는 것은 미련한 짓이야
건강은 돈으로 살 수 없어
무엇보다 건강이 최고야

9. 마음의 상처

마음의 상처는 완치가 없다
마음에 조그마한 상처가 나면
그 상처는 천천히 곪고
전이되어 점점 벌어진다
생채기로 시작되었던 상처는
더욱 깊어져 속으로 파고든다
상처가 보이지 않아
약을 바를 수도 없다
상처가 아프지만
아프지 않은 척한다
보이지 않기에
상처가 아프다 하면
내 상처가 더 아프다며
누가 더 아픈지 경쟁하는
암담한 상황이 벌어진다
완치되지 않은 상처를
약도 바를 수도 없이
자신만의 아픔으로

견뎌간다
그렇게
견뎌간다

10. 망나니

오랜만에 맡는 짭짤한 바다 냄새

이것이 바로 자유의 향기지

나는 역시 왕좌 같은 권좌는 어울리지 않아

그래도 말이야 해역에 해적들은 거슬리는군

저놈들 때문에 백성들이 나에게 반기를 들었지

어린 여왕이시여

몰락한 왕이 선물을 드리고 떠나리다

오랜만에 몸 좀 풀어볼까

인사로 대포 한 알 정도는 괜찮겠지

자 와라 해적 놈들아

내가 이 나라의 몰락한 왕이다

내가 걸치고 있는 비단옷

금으로 만든 팔찌와 목걸이

탐나지 않느냐

모두 내 배를 약탈하러 와라

한꺼번에 상대해 주마

아 따뜻한 햇살

이 온기가 그리웠지
역시 내가 있어야 할 곳은 바다 위지
여왕이시여
나의 선물이 마음에 들지 모르겠군
떠나기 전에 객기를 조금 부렸소
이만 나는 떠나도록 하지
가자 바다로

11. 망한 인간

사람이라면 누구나

위를 지향해

아래로 내려가고 싶은 사람은

아무도 없을 거야

절벽을 맨손으로

안전장치 하나 없이

아슬아슬한 암벽등반을 해

인생을 걸고 목숨을 걸고

내려갈 힘은 생각지도 않은 채

정상을 향해

등반해

탈진 직전에야 정상에 도착해

이루었다는 성취감

해냈다는 만족감

세상이 자신의 발아래 있는 것 같아

그러나 어쩌다 실족을 해버리면

만회할 기회도 없이

추락해 버려

다시 처음 시작했던 바닥

그렇게 망한 인간이 되어버려

망한 인간이 되어도

삶은 끝나지 않아

망한 인간으로 길거리를

헤매며 살아가거나

천시받으며 망가진

인간으로 살아가거나

자신이 누렸던

품위 명예 재력이 더욱

자신을 망가지게 하겠지

참을 수 없는 자괴감이 들겠지

그래도 삶은 이어져

망해도 괜찮아

망가져도 괜찮아

삶은 끝나지 않으니깐

12. 명곡의 척도

명곡의 척도란 무엇인가
내면을 울리는 가사
외면을 울리는 음률
내면과 외면의 조화로움이
적절한 균형을 이룰 때
그것을 좋은 곡이라
할 수 있지 않겠는가
하지만 나의 귀에는
이해되지 않는 지껄임과
고만고만한 둔탁거림만
들릴 뿐이다
예술은 이름난 배후와
잘 포장된 상품으로 만든
세력 싸움인가
따라 부르지 못하는
따라 부르기 부끄러운
소리 내지 못하는 노래를
노래라 할 수 있는가

이 시대에는 더 이상
노래는 예술이 아니다
단지 화려한 불꽃놀이를
장식하는 곁들임일 뿐이다
이 시대의 예술은
어디로 가고 있는가

13. 무료한 인생

나는 쉼 없이 달렸어

끊임없는 경쟁을 했고

수없이 많은 실패를 했어

경쟁을 피하지 않았고

실패를 두려워하지 않았어

쉼은 뒤처짐이라 생각하며

쉼 없이 달렸어

큰 산을 넘고

가시넝쿨을 헤치며 나갔어

드디어 마주친 드넓은 평야

싱그러운 과일

씨알 굵은 곡물

안락한 거처

원하던 바를 모두 이뤘지만

이제 무엇을 해야 할까

이제 나 홀로 무엇을 해야 할까

끝없는 광야에서

해가 뜨고 해가 지는

달이 뜨고 달이 지는

하루가 반복되는 게

좋지가 않아

인생이 심심해

무엇을 위해 살아가는지

목적을 잃어버렸어

인생이 심심해

심심해

14. 무모

무엇인가를 도전하려 할 때

시작이 망설여진 적이 있으신가요

시간이 없어서

체력이 없어서

자본이 없어서

지식이 없어서

사람이 없어서

이런 것 이외에도 많은 장애물이

그대를 가로막겠죠

실패가 두렵겠죠

시작을 모르겠죠

확신이 들지 않겠죠

그러나 가끔은

무모할 줄 알아야 합니다

길을 모르는 목적지의

첫발을 내디디면

어떻게든 목적지로

갈 수 있으니까요

도전은 지도 없이 떠난
여행과도 같습니다
때론 길을 잃고 헤맬지도 모릅니다
하지만 길은 언제나
그 자리에 있습니다
길을 잃었을 때는 물어물어
길을 찾으면 됩니다
그러면 어느샌가 목적지에 있는
자신을 만나게 될 겁니다
첫발을 내딛기 전의 걱정은
사라진 채 말이죠

15. 빈민가

빈민가에 살아보지 않는 이상
알 수 없는 것이 있다
거리에는 오토바이 소리만 들릴 뿐
사람 소리가 들리지 않는다
사람들은 절대 웃지 않는다
무엇인가 언짢은 표정으로
사람들을 꼬라볼 뿐이다
시끄러운 소리가 나면
아무도 관심 없는 척하지만
모두가 기웃기웃 기분 나쁘게 염탐한다
그러나 아무도 말리거나 신고하지 않는다
여기 사람들은 모두 굶주려 있다
쓰레기통을 뒤지는 것은 일상이고
종이 상자 하나 두면 1분도 채 되지 않아
사라져 버린다
길거리에는 모두 늙은이들 뿐이다
아이들의 웃음소리는커녕
교복 입은 학생들조차 보이지 않는다

이곳 사람들은 죽었지만
아직 살아있다
가끔 적막을 깨는 소리는
아스팔트 도로 위에 앉아
강소주를 마시며
혼자 헛소리를 지르는
흔한 빈민가 아저씨 소리뿐이다

16. 사랑은 뻔해

모든 연인들이 사랑을 시작할 때
자신들은 특별하다고 생각해
인생의 단짝
인생의 반쪽
인생의 동반자
이보다 더 잘 맞을 수 없다고 생각해
영원한 사랑일 거라 생각해
이별은 없을 거라 생각해
그렇지만 사랑은 뻔해
만나고 사랑하고 싸우고 헤어지고
그리고 또 반복해
누구나 특별할 것 같지만 흔해
사랑은 뻔한 순환이야
만나고 사랑하고 아프고 헤어지고
다시 만나고
발단 전개 위기 절정 결말
그 틀을 벗어날 수 없는
뻔한 이야기야

누구나 하는 뻔한 이야기야
사랑에 아파할 필요 없어
뻔한 이야기의
결말일 뿐이니깐

사랑의 눈빛을 본 적이 있나요
당신을 누군가가 사랑할 때만
볼 수 있는 사랑의 눈빛을
본 적 있나요
그대를 사랑하는 사람과의
눈이 마주쳤을 때
당신에게 보여지는 사랑의 눈빛을
본 적 있나요
눈망울에 비친 나의 모습이
선명하게 보이고
나를 사랑해 주고 있음을 표출하는
그 반짝이는 사랑의 눈빛을
본 적 있나요
그 찬란한 눈빛을 봤다면
그 눈빛이 꺼지지 않게
그대 또한 그를 사랑해 주세요
사랑의 눈빛은 그대를
진심으로 사랑하지 않으면

절대 볼 수 없는
고결한 눈빛이니까요
당신이 사랑의 눈빛을
본 적 있다면
그대도 사랑의 눈빛을
보내주세요
그것이 사랑이니까요

대한민국 헌법
제40조 제66조 제101조에는
입법권 행정권 사법권을 분리하여
세 개의 힘을 서로 견제하라 하였건만
어찌 모두 정부의 개가 되셨소
개가 되기 위해 하찮게 생각하던
국민에게 무릎 꿇고 고개 숙이셨습니까
그렇게 국회의원이 되고자 했던 이유는
고작 개가 되기 위해서였습니까
지나가던 개가 비웃겠습니다
개가 되기 위해 세상과 단절하여
고시원에서 책만 들여다보며
테이프 늘어지도록
강의를 들으셨습니까
그렇게 영감님이 되고자 했던 이유는
고작 개가 되기 위해서였습니까
지나가던 개가 어이없겠습니다
어찌 모두 정부의 개가 되셨습니까

당신들이 고개 숙이고
충성을 다해야 할 상대는
행정부의 수장이 아니라
국민입니다
당신들이 정부에 조아리는 것은
위헌을 저지르는 것입니다
헌법정신을 위반하면서까지
개가 되시겠다니
이해가 안 되는군요

19. 새벽 새끼 고양이 울음소리

Kitten cry at dawn

적막으로 가득한 새벽에 들리는
새끼고양이 울음소리
어찌하여 이 밤 중에 홀로 우는가
어미는 어디 가고 홀로 울부짖는가
홀로 남은 것이 두려워 우는가
어미를 찾으려 우는가
여기 있음을 알리려 우는가
저 어린 것은 살려고 우는 것이다
이 암야의 적요를 깨기 위해
얼마나 많은 용기가 필요했을까
살아라 어린것아
야윈 몸 하나가 전부이지만
살아라
사는 동안에 비통한 일만 있겠느냐
살아있어야 행복을 느낀다
살아라
어린것아

20. 순혈자

나를 이단자라 칭하지 마오
나는 내 피를 더럽힐 수 없소
그대들이 나를 병균이라 여겨도
나는 내 피를 더럽힐 수 없소
그대들이 나를 감금하여도
나는 내 피를 더럽힐 수 없소
나를 얼마든지 손가락질하시오
그대들의 몸속에 흐르는 더러운 피가
과연 순결하다 할 수 있거든
나를 얼마든지 손가락질하시오
나의 피를 더럽히기 위해
나를 비방하고 뭇매하고
세상과 단절시키더라도
나는 여전히 순혈자로 남을 것이요
나의 피는 그대들의 의지로 더럽힐 수 없소
나는 순혈자요
피가 더럽혀지지 않은 순혈자요
그대들이 지금 나를 이단이라 칭해도

훗날 나는 선구자로 불릴 것이오
나는 피가 더럽혀지지 않은
순혈자요

21. 시인

Poet

나는 왜 이 길 위에 들어섰나
나는 왜 이 길 위에 멈춰 섰나
나는 무엇을 위해
이 길에 들어섰나
나는 무엇을 이루고자
이 길 위를 걷나
멸종해 버린 이 길을
나는 무엇을 위해 걷나
길을 밝혀주던 발자취는
이미 끊어진 지 오래다
나는 왜 아무도
가지 않는 길을 걷나
나는 왜 아무도
가지 못한 길을 걷나
단지 떠오르기 때문이다
단지 보이기 때문이다
생각하지 않아도 떠오르고
눈을 감아도

앞이 보이기에
단지 이 길을 걷는 것뿐이다
나는 시인이다
멸종된 길을 걷는 시인이다
암흑 속을 걷는 시인이다
나의 걸음이
이 길 위를 걷는다
나는 단지 걸음을
걸었을 뿐이다
나는 단지 시인이기에
시인의 길을
걸을 뿐이다

22. 십일조

Tithe

대한민국 헌법 제20조 제1항
모든 국민은 종교의 자유를 가진다

대한민국 헌법에서 종교의 자유를
명시해두고 있으니
어떤 종교를 어떻게 믿던
그것은 본인의 자유입니다
그러나 왜 의문을 품지 않나요
같은 책을 보고
같은 율법을 배우지 않나요
왜 전 세계가 폐지한 십일조를
대한민국만 내나요
대한민국만 다른 종교인가요
그래요 자신이 원해서
헌금하는 것이라면
그것 또한 자유겠죠
그 종교에서는 믿음 소망 사랑이
중요한 교리라고 하던데

왜 가정의 믿음을 깨고
왜 가정의 소망을 찢고
왜 가정의 사랑을 경시하나요
십일조를 몰래 바침으로 인해
비어버린 가계로
서로를 의심하게 만들고
가난으로 인해 꿈을 접고
가족을 외면하게 만드나요
당신의 믿음 소망 사랑은
교회에만 해당하는 것인가요
당신으로 인해 불지옥에 빠진
가족들을 명확히 주시하십쇼
당신은
무엇을 믿고
무엇을 소망하며
무엇을 사랑하십니까

23. 악기의 영혼

The soul of an instrument

악기에는 영혼이 있다
악기는 악사를 만나는 순간부터
악사와 악기의 영혼은 융화되어
단 하나뿐인 소리가 만들어진다
악기는 그렇게 악사만의 악기가 되어진다
세상에는 좋은 악기라 정해진 악기는 없다
값비싼 악기라도 좋은 악기는 아니다
값싼 악기라도 나쁜 악기는 아니다
악기와 악사의 영혼의 교감을 통해
악기는 어느 것과 비교할 수 없는
악사만의 악기가 된다
그렇게 악기는 영혼을 가진다
악사와 악기와의 호흡을 통해
악기는 영혼을 가진다
그렇게 세상에서 단 하나뿐인
악기가 된다

24. 이부자리

오늘도 그녀가 선물해 준
이부자리에 눕는다
베개
이불
깔개
포근하다
그녀는 타지로 가는 나에게
이부자리를 선물해 주었다
낯설고 어색한 공간에
깔린 이부자리를 보면
그녀가 꼭 이불 속에
숨어있는 듯한 기분이 들었다
뽀송하고 하얀
때 타지 않은 이부자리
이불 속에 누워있노라면
꼭 그녀를 안고 있는 듯했다
포근했다
이젠 그녀의 형상이 흐릿하다

도톰하던 이부자리는 이제
종잇장처럼 납작해졌다
그러나 변하지 않는 것이 있다
이부자리에 들 때면
그녀가 나를 아껴줬다는 고마움과
품에 안긴 듯한 포근함은
변하지 않았다
오늘도 그녀를 생각하며
이부자리에 든다
포근하다

25. 작은 집

작은 집에 산다는 것은
단순히 좁다라는 의미가 아니다
작은 집은 나 하나의
몸뚱어리만으로도
가득 차버려
더 이상 넣을 수 없다
좋아하는 물건을
놓아둘 자리 하나 없고
하고 싶은 것을
할 수 있는 공간 하나 없고
꿈을 꾸고 싶어도
꿈을 꿀 여백 하나 없다
작은 집에 산다는 것은
철창 속에 갇혀
더 이상 자랄 수 없다는 것이다
열정이 샘 솟을 때
이미 가득 차버린 집을 보면
분수에 맞지 않는다며

덮어버린다
마음껏 뛰고 싶다
끝없이 자라고 싶다
집에 맞춰 커버린 나를
방생하고 싶다
끝없이 펼쳐진 초원으로
끝을 알 수 없는 바다로
나를 방생하고 싶다
맞춰 커버린 이곳에서
벗어나고 싶다

사람의 말에는 숨겨진 힘이 있다
누군가가 톡 뱉은 한마디가
한 사람의 운명을 바꿀 수도 있다
한마디의 위로가
재기할 수 있는 용기를
한마디의 칭찬이
꿈을 가지게 되는 희망을
한마디의 응원이
포기하지 않는 결의를
한마디의 농담이
세상을 변화시키는 창의를
진심을 담은 한마디는
누군가의 가슴에 씨앗을 뿌려준다
사람의 말 한마디는
작지 않은 파장을 가져온다
물결이 만을 통과하면
파동은 증폭된다
말 한마디도 그렇게

증폭된다
좋은 말이든
나쁜 말이든
증폭된다
말 한마디는 작지만
커지기 마련이다
사람의 말 한마디는
그런 힘을 가지고 있다

27. 현생

현실을 도피하고 싶어서
다른 차원으로 간 자들이여
그곳에서 사람들이
당신을 부르기를
회장
대장
큰손
성주
현실에서는 맛보지 못하는
명예와 권력을 누리며
현실에서 탈진할 때까지
일을 하며 번 돈을 쏟아부어
품위를 유지하는 것이
무슨 의미가 있습니까
당신이 그 차원에서
빠져나오는 순간 당신은
현실의 당신이 되어버립니다
현실은 여전히 시궁창이고

당신은 당신입니다
이제 그 세계에서
탈진하십시오
당신이 현실에서 눈을 돌리지 않았다면
회장
대장
큰손
성주
그 무엇이든 될 수 있었습니다
당신이 살아가는 곳은
그 차원이 아닌
이곳 현실입니다
현실을 사십시오

28. 흉몽

Terrible nightmare

간밤에 꿈을 꾸었다
다시는 가고 싶지 않은 장소에
다시는 겪고 싶지 않은 상황에
다시는 보고 싶지 않은 사람에
다시는 뵙고 싶지 않은 망자까지
꿈이라기에는 너무 생생했다
잊고 살았던 기억들이
다시 떠올랐다
숨이 답답했다
식은땀이 흘렀다
귀를 찌르는 소리가 들린다
모든 것이 최악이다
잊어버리고 싶은 기억은 꼭
한 번씩 나를 찾아와 괴롭힌다
그날과 같이 아무것도 하지 못한 채
모든 상황이 재현된다
도망치고 싶다
달아나고 싶다

그날과는 달리 몸을 돌려
있는 힘껏 달렸다
숨이 차지 않았다
땀이 흐르지 않았다
상쾌한 바람이 나를 감싼다
멀리멀리 달아났다
후련했다
꿈에서 깨었다
심장이 터질 듯이 뛰고 있다
흉몽이었다

29. 흠

누구나 숨기고 싶은 흠이

하나씩은 있다

흠이 들통나지 않게

꽁꽁 숨겨 놓는다

그러다 나의 흠이 발각되면

이것이 흠인지 흉터인지

호기심을 갖는다

흠으로 판명되면 처음엔

공감과 위로를 해준다

하지만 흠은 약점이다

흠을 중심으로 조금씩 후벼 판다

흠은 커지고 벌어진다

하나의 흠을 근거로

또 다른 흠을 만든다

만들어진 흠은 또 후벼 파진다

이제 나에게 흠은 없다

전신에 상처뿐이다

사람들은 나의 흠으로

자신들의 흠을 가렸다
누군가가 자신의 흠에
눈길조차 줄 수 없게
흠을 후벼 판다

30. 힘내라고 하지 마세요

내 마음이 병들었을 때
절대 힘내라고 하지 마세요
힘을 내고 싶지 않아
힘을 안 내고 있는 것이 아닌
쉼 없이 달려 과열된 채
늪에 빠져있는 난
이 늪에서 빠져나오기 위해
힘을 내는 순간
더욱 깊은 어둠으로
빠져버릴 테니
지금 필요한 것은 단지
늪에 내 몸을 맡긴 채
서서히 떠오르는 것뿐
나는 살기 위해
힘을 빼고 있는 중입니다
늪에 빠져있는 나를 보거든
편히 쉬다 나오라고 해주세요
저는 지금 달려야 할 때가 아닌
쉬어야 할 때거든요

#정규_9집

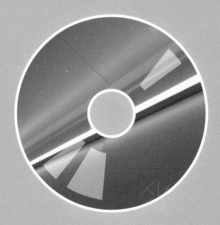

Question

1. 가난의 노래

The Song of Poverty

가난을 노래하는 것은
죄가 된다
가난한 사람을
비하하였다고
가난을 말하지 말라고 한다
그렇다면 나의 이야기는
가난한 자의 이야기는
누가 들어주나
화자가 말하지 않으면
청중이 있는가
나의 푸념은 누가 들어주나
나의 사설은 누가 들어주나
나의 하소연은 누가 들어주나
나의 넋두리는 누가 들어주나
가난한 자는 발언권이 없다
나의 말은 음 소거 되어
들을 수 있는 이가 없다
가난을 노래하고 싶다

가난을 외치고 싶다
나의 말을 들어줄 사람 없나
나는 누구에게 말해야 하나
나는 쪽방에 덩그러니 앉아있다
적막하다
언제나 그 자리에 있는
다육이에게 말을 건다
내가 왕년에는 말이야

2. 갈증

Thirst ✎

나는 채울 수 없는
갈증을 느낀다
내가 말하고자 하는 것
내가 표현하고자 하는 것
그것을 한 번에 표현해 줄
단어에 목이 마르다
끊임없이 단어를 채워 넣어도
한없이 부족하다
떠오르는 생각
느껴지는 감각
밀려오는 감동
차오르는 감성
이 모든 것을 한 번에 채워줄
완벽한 단어에 목이 마르다
나의 생각을
나의 감각을
나의 감동을
나의 감성을

온전히 표현하고 싶다
이 세상에 없는 단어가 아니다
분명히 모든 것을 표현해 줄
무결한 단어는 존재한다
내가 그 단어를 알지
못한다는 것을 알기에
더욱 참을 수 없는
갈증을 느낀다
모르고 있던 단어들을
들이붓는다
잠깐의 목마름이 해소된다
그러나 가슴 깊은 곳에서부터
메말라가는 갈증을 해소할 수 없다
새로운 단어를 갈망한다
나의 갈증을 타개해 줄
단어에 목이 마르다

3. 게임이란 예술

게임이 질병인 국가에서

게임에 대해 논한다

게임에는 낭만이 있다

내가 언제 어디서 접속하든

나에게 따뜻한 인사말을 건넨다

아무것도 아닌 나에게

최강이라 말한다

나에게 승리를 고하는 곳은

이곳 게임뿐이다

게임에는 감동이 있다

게임이란 마치

소등 없는 영화관

정숙 없는 박물관

종막 없는 음악회

기한 없는 전시회

강사 없는 강의실

무한한 감동을 준다

훌륭한 서사

역사적 사료
웅장한 연주
화려한 그림
친절한 교육
이 모든 것이
게임 안에 있다
이 문화를 누리는 것이
병이라면
나는 병자를 자처하겠다
아름다운 예술작품에
끌리는 것은
본능이지 않은가

4. 겸손

사람은 언제나 겸손해야 한다

물질적으로 풍요로워지면

자신도 모르는 사이

오만해진다

비싸게만 보이던 가격표들이

고작으로 바뀌고

모든 다툼은 돈으로 해결할 수 있다

생각한다

하지만 그건 진정한

풍요로움이 아닌

자만일 뿐이다

돈이라는 것은

있다가도 없고

없다가도 있는

그런 물질이다

아무리 많은 돈이라도

사라지는 것은 금방이다

통장 속 숫자가 늘어날수록

자중해야 한다
돈은 물과 같다
가둬두지 않으면
흘러간다
그렇다고
가둬두기만 하면
말라버린다
대가 없는 돈은 없다
그러므로
나에게 돈이 있음에
감사해야 한다
돈으로 사람을 비교하지
말아야 한다
자신보다 벌이가 못 한다고
못난 사람이 아니다
돈은 물질일 뿐
더 이상의 의미는 없다

5. 과욕

달다
끊임없이 삼킨다
달다
달지만
멈출 수 없다
내가 들인 노력에 비해
더 많은 단물을
들이킨다
달다
이 단물이 언젠가는
나를 무너지게 할지라도
이 독이 든 단물을
멈출 수가 없다
끊임없이 생성되는
단물
이 단물이 영원할 것 같지만
어느 순간 끊어져도
이상할 것이 없다

달다

달지만 불안하다

이 단물을 마셔도 되는 것일까

내가 이 단물을 마실

자격이 되나

이 단물은 어디서 오는 걸까

그럼에도

삼킴을 멈출 수 없다

더 많이 더 빨리

단물을 빨아들인다

단물이 메말랐다

더 이상 단물이 나오지 않는다

분명 충분했을 단물이었다

내 욕심이 결국

단물을 마르게 했다

내 욕심에 내가 메말라 간다

내 욕심으로

내가 말라간다

6. 극야

영원히 해가 지지 않는
백야가 있다면
영원히 해가 뜨지 않는
극야가 있다
오로지 어둠만이 존재하는
그곳에
내가 있다
눈을 떠도
눈을 감아도
변함없는 어둠이
나를 삼키고 있다
조각배 위에 누워
추위를 온몸으로 맞는다
오늘이 무슨 요일인지
오늘이 며칠인지
알 수가 없다
아니 상관없다
나를 감싼 어둠은

나와 동화되어
나 또한 어둠이 되었다
희망은 없다
해가 뜨지 않는다는 것을 알기에
희망은 없다
나는 이대로 어둠이 될 것이다
영원한 어둠 속에 갇혀
빠져나오지 못할 것이다
바다 위 나의 조각배는
어둠 속을 정처 없이
떠도는 관이 될 것이다
나는 어둠 속의
어둠이 될 것이다

7. 기록 속의 처절함

글로 쓰여진 기록 속에는
처절함이 기록되지 않는다
기록 속의 그들도
사람이었다
한 줄 글로 쓰여있지만
분명 사람이었다
그들도 무서웠을 것이다
두려웠을 것이다
배고팠을 것이다
추웠을 것이다
그들의 손에 들린 무기는
떨렸을 것이다
살기 위해 뛰었을 것이다
처절하게 살아갔을 것이다
아팠을 것이다
고통스러웠을 것이다
고향이
그리웠을 것이다

동료가 생판 모르는 땅에 묻힌다
슬펐을 것이다
분했을 것이다
그러나
살아있음에
안도했을 것이다
글로 쓰여진 기록에는
처절함이 기록되지 않는다
기록 속의 그들도
사람이었을 것이다
이름조차 남기지 못했지만
그들도 사람이었다

8. 기망의 말

설명하는 글이란
자신이 알고 있는 정보를
타인에게 알기 쉽게
풀어 전달하는 글을 말한다
그러므로 이해하기
어려운 말을 하는 사람은
나를 기망하고 있는 것이 아닌가
의심해 보아야 한다
어려운 말로 자신을
유능한 사람으로 포장하고
그럴듯한 말로 상대를
기망하는 사람은
멀리하는 것이 좋다
진심으로 자신의 생각을
상대방에게 전달하고자 하는
사람은 어려운 말을 할
이유가 없다
관련된 지식을 가지고 있지 않는

타인의 상식에 맞춰
최대한 이해하기 쉽게
말하는 사람이
진정으로 자신의 생각을
말하고자 하는 사람이다
어려운 말을 하는 사람은
분명 숨기고 있는
다른 뜻이 있다
그러므로
이해하기 어려운 말을
내게 건네는 사람은
멀리하는 것이 좋다

9. 꽁무니

나에겐 우상이 있었다

나보다 능력이 좋고

나보다 매력이 크고

나보다 재능이 많은

나만의 우상이 있었다

나는 우상에게

매혹당했다

우상이 가는 길을

가고 싶었다

그래서 무작정

우상의 뒤를 밟았다

우상이 먼저 지나간 길은

쉽지 않았다

준비되지 않은 초행길은

따라가기에도

쉽지 않았다

그래도 즐거웠다

나는 곧 우상과 같은 자리에서

눈을 맞출 수 있을 거란

기대를 가졌다
그러나
다 따라왔다고
생각이 들었을 때
우상은 없었다
발자취가 끊어진 길뿐이었다
혼란스러웠다
우상을 찾으러 가야 하나
이 앞의 가고 싶은 길을 가야 하나
잠깐의 망설임은 이내
결심이 되었다
나는 확신에 찬 발걸음으로
나의 길을 걸었다
쉼 없이 걷지만
지치지 않았다
꽁무니만 따라가다간
절대 우상과 마주칠 수 없다
나는 나를 걷는다
우상은 내가 아니다
내가 나의 길을 걸을 때
발자취는 빛이 날 것이다
나는 나를 걸을 것이다
나만의 정상에서
우상과 마주할 것이다

10. 대문 앞에 핀 민들레

A dandelion blooming in front of the gate

골목 끝자락에 위치한

우리 집 대문 앞에는

매년 민들레 한 송이가 핀다

흙 한 줌 없는 콘크리트 바닥 위

갈라진 작은 틈으로

매년 같은 자리에

민들레가 핀다

이 좁은 골목길 끝자락까지

민들레 홀씨가 어떻게

날아왔을까

날아온 홀씨는 어떻게

피어났을까

단단한 콘크리트 속에서

뿌리를 내린 민들레

민들레 홀씨를 피웠다

홀씨는 골목 끝자락에서

대로변으로 바람을 타고

날아간다

비록 콘크리트에 뿌리를
내린 민들레였지만
훌륭하게 자라
씨를 뿌렸다

11. 먹고 싶은 것

먹고 싶은 것을 먹는다는 것은

얼마나 큰 행복인가

먹고 싶은 것이 생각난다는 것이

얼마나 큰 기쁨인가

먹는다는 행위가 쉬워 보일지 모르나

매우 고귀한 행위이다

먹고 싶은 것이 있으나

이가 불편해서

목이 불편해서

위가 불편해서

장이 불편해서

먹지 못할 수도 있다

건강에 문제가 생겨

강제로 금식해야 하거나

먹을 수 없게 된 음식이 생긴다

음식을 섭취할 때

자신도 모르는 사이

오감을 사용한다

먹음직한 음식을 바라보는 시각
은은하게 퍼지는 음식의 향을 맡는 후각
한입 베어 물어 음식의 맛을 느끼는 미각
씹을수록 음식의 식감을 느끼는 촉각
내 안에서 퍼지는 음식의 소리를 듣는 청각
이 얼마나 황홀한 행위인가
먹고 싶은 것이 생긴다면
먹어야 한다
때를 놓치면 영영
먹지 못할 수도 있다
그대 숟가락을 들라

12. 모두 다 사람

우리는 모두 다 사람이다
모두 평등한 사람이다
우리는 모두
맛있는 밥을 먹고 싶고
따듯한 방에 눕고 싶고
풍족한 돈을 갖고 싶고
건강한 몸을 소망하는
똑같은 사람이다
그러나 야생의 본능이 남아
자신보다 약자를 만나면
사냥하려 한다
성별이 다름에 차별하지 말라
나이가 어림에 하대하지 말라
지위가 낮음에 천대하지 말라
노쇠한 육신에 박대하지 말라
모두 다 사람이다
태어난 성별을 고른 사람이 없고
유년의 보내지 않은 사람이 없고

초년에 대장이었던 사람이 없고
병들지 않을 몸을 가진 사람이 없다
우리는 모두 사람이다
평등한 사람이다
자신이 대접받고 싶은 만큼
타인을 대접하라
그 또한 돌려받을지니
세상에 냉대받을 사람은 없다
우리는 모두 사람이다

13. 무지의 부끄러움

부끄러움도 배워야 하는가
자신이 알지 못한다는 것에
부끄러움이 없다
예전에는 배우지 못했음을
부끄러워했다
자신의 무지를 부끄러워했다
그러나 지금은
모르는데 어쩌라고
너는 다 아냐고
반문한다
상식이 사라져 버렸다
책으로 지식을 배울 때는
자신에게 필요 없는 정보도
자연스럽게 습득할 수 있었다
그러나 지금은
원하는 정보만을 검색해
필요한 지식만을 얻는다
무지함에 부끄러움이 없다

무식함에 부끄러움이 없다
부끄러움이 없음에
상식이 없다
부끄러움이 없음에
예의가 없다
부끄러움이 없음에
인내가 없다
부끄러움이 없음에
생각이 없다
부끄러움도 배워야 하는가

14. 발전의 기회

안락한 삶이 지속되면
안일함만이 늘어난다
이 평화가 끝나지 않을 것 같다
그러나
폭풍이 오기 전날 밤은
조용한 법이다
위기는 생각지도 못하게
갑자기 찾아온다
위기는 나를 공황으로 만든다
지금껏 앉아있던
푹신한 의자는
가시방석으로 변했다
해결 방법을 찾아야 한다
이 위기를 극복하지 못한다면
나는 다시 밑바닥으로 갈 것이다
그래 위기는 곧 기회다
내가 생각하지 못했던
방법을 찾아야 한다

이 위기는 어디서 왔나
근본부터 다시 살펴봐야 한다
문제를 하나씩 풀어나간다
순탄하지 않다
이 위기는 나를 시험하는 것이다
이 시련을 넘으면
나는 더욱 발전할 것이다
나의 안일함으로 인한
시련일 것이다
위기는 몰락이 아닌
발전의 기회인 것이다
나는 위기들을 이겨낼 것이다
언제나 그랬듯이

15. 밤 10시에 거는 전화

나는 밤 10시가 되면
매일 같은 번호로
전화를 걸었다
전화기에서 들리는
신호음은
두근거림과 두려움을
느끼게 했다
전화를 받았다
그녀는 매번 똑같이
여보세요라며
응대한다
나도 항상 뭐해라며
질문을 한다
그렇게 대화가 시작된다
오늘 하루 중에
재미있었던 공기
맛있게 먹은 음식
힘이 들었던 상황

사소한 이야기를 한다
일기 같은 이야기가 끝나면
속에 담아두던
감정을 꺼낸다
매일 같은 시간에
나의 목소리를 듣는다면
밤 10시가 되면
나를 생각할 수 있게
나를 사랑하지 않더라도
나를 기억할 수 있게
나는 사랑을 담아
그대에게 목소리를 건넸다
나는 매일 그대에게
사랑을 전했다
내 진심이 들리게
매일 밤 10시에 감정을 나눴다

16. 법학도

나는 이 길이
정의로운 길이라
믿었다
나는 이 길이
정의로 가는 길이라
믿었다
이 길을 걷기 위해
불을 끄지 않았다
이 길을 걷기 시작했을 때
더할 나위 없이
기뻤다
나는 정의로운 사람이
될 줄 알았다
수많은 이론을 배웠다
수많은 판례를 외웠다
나는 정의에 한 발짝
가까워졌다고
믿었다

그러나 이상함을 느꼈다
법을 알면 알수록
메스꺼움이 올라왔다
법은 추악했다
법은 강자의 것이었고
약자를 통제하는 수단이었다
책 속의 법은 책 속에만 있었다
현실에서 이론은 말일 뿐이었다
현실에서 판례는 기록일 뿐이었다
나는 법의 허상만 아는
이론쟁이일 뿐이었다
법학도가 정의를 깨우치는
길이라 생각했다
그러나 법전 속에는
정의가 없었다
나는 그저 법의 추악함만을 알게 된
법학도일 뿐이었다
법학의 길에 정의는 없었다

17. 병정의 싸움

A fight between the weak

갑이 사고를 쳤다
갑은 을에게 사고를
처리하라고 한다
을은 갑에게 피해가 가지 않게
처리하겠노라 한다
을은 병을 부른다
을은 병에게 사고의 원인이라 말한다
병은 시키는 대로 했을 뿐이라고
억울해한다
을은 병에게 무조건 책임지라 명령한다
병은 정을 부른다
병은 정에게 왜 사고를 쳤는지 따진다
정은 잘못한 것이 없다고 반발한다
병은 정이 대꾸하는 것이
마음에 들지 않는다
병은 정을 공격한다
정도 병을 공격한다
병과 정이 싸운다

정과 병이 싸운다
원인 없는 싸움은
끝을 모른다
병과 정은 싸움의 의미를 잊어버린 채
계속 싸운다
병이 메말라 간다
정이 메말라 간다
병과 정은 메말랐다
둘은 쓰러졌다
을은 이 상황을 모두 지켜보고 있었다
을은 갑에게 보고한다
완벽하게 처리하였습니다
갑은 을에게 명령한다
일꾼을 데려와라
을은 무와 기를 데려왔다
갑은 을에게 명령하고
을은 무에게 제시하고
무는 기에게 통보한다
갑이 사고를 쳤다

18. 부끄러운 학위

Shameful degree

대학교 신입생 시절

다른 대학교에 다니는 친구가

교수님께서 과제를 내주셨는데

답이 무엇인 것 같은지 물었던 적이 있다

대학이란 무엇인가

나의 대답은 이러했다

큰 가르침이 있는 곳

학사 석사 박사를 동경했었다

지식인의 표본이라 생각했다

조금이라도 나은 학사를 위해

학교도 옮기며 학업에 정진했다

법학사를 취득하고

석사과정의 문을 열었다

그러나 대학원은 상상하던

아고라가 아니었다

대학원생은 지도교수의 개였으며

생각 없는 호문클루스였다

재학 기간 2년 동안

책 한번 펴지 않았고
교수는 강의 한번 하지 않았다
석사 논문은 그저 지도교수가
정해준 주제의 관련 논문을
짜깁기하여 만들어진
표절 판일 뿐이었다
나는 부끄러움을 느꼈다
이런 것이 지성인의 길이라면
저 부끄러운 학위를
손에 쥐지 않겠다
나는 석사학위를 포기하였다
부끄러웠다

19. 사진을 지우듯

사진을 한 장 찍는다 찰칵
다시는 되돌아갈 수 없는
과거를 기록한다
사진을 한 장 찍는다 찰칵
다시는 되돌아올 수 없는
추억을 기록한다
사진을 한 장 찍는다 찰칵
다시는 되돌아볼 수 없는
사랑을 기록한다
사진을 한 장 찍는다 찰칵
다시는 되돌아 살 수 없는
젊음을 기록한다
사진을 한 장 지운다 싹둑
다시는 회상하고 싶지 않은
고통을 삭제한다
사진을 한 장 지운다 싹둑
다시는 상기하고 싶지 않은
아픔을 삭제한다

사진을 한 장 지운다 싹둑
다시는 추억하고 싶지 않은
슬픔을 삭제한다
사진을 지움으로
과거는 사라졌다
이제 과거는 오직
끄집어낼 수 없는
나의 기억에만
남아있다
그러나 기억에는
통증이 남아있다
사진으로 과거를 지우듯
기억 속의 통증을 지우고 싶다
과거의 내가 바라보지 않은 듯이
기억을 삭제하고 싶다

The dirt of society

사회로 나가기 전
순수했던 청년이 있었다
청년은 우정을 중시했다
친구들과 함께 공부하고
친구들과 함께 놀고
친구들과 함께 밥을 먹었다
치킨집에서 맥주 한 잔을
손에 들고
좋은 감정은 곱하고
슬픈 감정은 나눴다
청년은 사랑을 중시했다
애인과 함께 걷고
애인과 함께 보고
애인과 함께 미래를 그렸다
애인이 친구에게 갈 때
친구의 우정을 위해
애인의 사랑을 위해
행복을 빌어줬다

청년은 의리를 중시했다
친구가 상주가 되던 날
밤 중에 택시를 잡았다
망설임은 없었다
친구가 보고팠다
우리는 함께 어둠을 지샜다
피곤하지 않았다
청년은 사회로 나왔다
청년은 사회의 때가 묻어
하얗지 않다
이제 우정이란 말이 낯설다
이제 사랑이란 말이 낯설다
이제 의리라는 말이 낯설다
이제 돈이 되지 않는 일은
피곤하기만 하다

21. 손을 놓을 때

우리는 손을 잡고 있었다

손끝으로 온기를 느낄 수 있었다

손을 잡고 있던 우린서로의 감정을 나눴다

모든 감정은 손끝으로

전달되었다

우린 서로 연결되어 있음을

알고 있었다

손끝이 조금 시리다

차가워진 날씨 때문이라

생각했다

감정의 전달이 뜸하다

이미 많은 감정을 나누어서라

생각했다

손끝이 시리다

이 시림은 날씨 때문이 아니란 것을

알았다

감정이 느껴지지 않는다

고개를 들었다

뒷모습만 보인다
나는 등을 돌려버린 그의
손목을 붙잡고 있었다
그는 이미 나의 손을
놓고 있었다
나의 온기에도
반응이 없었다
이제 놓아줄 때라는 것을 느꼈다
내가 바꿀 수 있는 것은
없다는 것을
알았다
천천히 손에 힘을 풀었다
그는 아무 일도 없었다는 듯이
멀어져 갔다
내가 손을 놓으면 끝나는
인연이었다

22. 승부욕

Competitive

지는 게임 하진 않고

게임을 하면 이겨야 하지만

지나친 승부욕은 재미를 잃어버린다

게임을 하는 목적이 무엇인가

재미와 즐거움 때문이지 않은가

강해지는 나의 캐릭터

팀원과의 완벽한 호흡

짜릿한 승리

일상에서는 느껴보지 못하는

자극적인 쾌락

쌓인 피로를 날려버리기 위해

즐기는 것이 게임 아닌가

게임의 목적이 승리가 된다면

즐거움은 사라져 버린다

상대보다 약한 나의 캐릭터

팀원과의 위태로운 불화

허망한 패배

게임은 비관의 장이 되어버린다

게임에서조차 승리하지 못한다는
절망감
패배자가 된 듯한 비참함
더 이상 게임에 재미는 없다
지나친 승부욕은
게임의 재미를 잃어버리게 한다
게임은 재미로만 즐겨야 한다
적당한 승부욕은 재미의 원동력이 되지만
지나친 승부욕은 게임의 재미를
잃어버리게 한다

23. 신중의 말

A word of prudence

말은 의사소통의 역할로

꼭 필요한 것이지만

말을 할 때는 신중할

필요가 있다

말을 많이 할수록

사족이 붙어

실수를 할 가능성이 높아진다

그러므로

말을 할 때는

꼭 필요한 말만 하는 것이 좋다

말은 어디로든지 통한다

말을 할 때는

벽도 말을 듣고 있다

생각해야 한다

낮말은 새가 듣고

밤말은 쥐가 듣는다는

말은 틀리지 않았다

새어나간 말은

그렇게 건너건너
천리를 간다
그렇기에 말은
신중해야 한다
한번 뱉은 말은
다시 삼킬 수 없다
그 말을 뱉은 나는
책임을 져야 한다
그렇기에 말을 하기 전에
꼭 해야 할 말인가
다시 한번 생각해 보고
말을 하자

24. 어린아이로

어린아이로

돌아가고 싶다

걱정이 없던

어린아이로

돌아가고 싶다

넘어짐에도

툴툴 털고

일어나는

어린아이로

돌아가고 싶다

작은 것에도

행복함을 얻고

소중함을 아는

어린아이로

돌아가고 싶다

무한한 상상력으로

꿈을 키우고

거침없이

도전하는 용기를 가진
어린아이로
돌아가고 싶다
또래들과
흙바닥에서 뒹굴거려도
지치지 않고
봉숭아를 따
돌로 찧어
서로의 손톱에
봉숭아 물을 들여주며
사랑을 열망하던
어린아이로
돌아가고 싶다

25. 의심의 씨앗

Seeds of doubt

당신의 손에 들려있는

그 책

원래 한국어로 쓰여있었나요

그 책의 원본은 어디 있나요

그 책의 내용이 원본과

같다고 확신할 수 있나요

오역을 바로잡기 위해

첨설이 들어가진 않았나요

3시간짜리 영화 한 편에도

오역과 의역이 넘치는데

그 두꺼운 책 한 권은 과연

정역본일까요

세기와 세기를 겪고

국가와 국가를 넘어

언어와 언어를 거쳐

현대국어로 번역된

그 책은 원본과 같습니까

애초에 그 책의 원본은

어디 있습니까

당신은 무엇을 읽고 있습니까

당신은 무엇을 믿고 있습니까

그 책은 도대체 무엇입니까

믿음의 중심이 되는 교전입니까

세뇌의 표본이 되는 소설입니까

그 책은 어디서 왔습니까

그 책은 언제 쓰였습니까

그 책은 무엇을 담았습니까

그 책은 어떻게 만들었습니까

그 책은 누가 적었습니까

그 책은 왜 존재합니까

26. 이별의 과정

The process of parting

이별을 마주하게 됐을 때
이별을 마주하기까지
과정이 필요하다
어제의 애인이
오늘은 남이라 생각해도
사랑은 남아있다
찾아가 빌면
다시 만날 수 있지 않을까
미련을 가진다
그녀와 처음 시작했던
공원 의자에 앉아
그녀를 생각하며
그리움에 젖는다
지갑 구석에서
함께 찍은 사진이 나왔다
놀이공원에서 함께 찍은
사진을 보며
추억을 곱씹는다

이제 내 사람이 아니기에
사진을 찢어 버린다
그녀는 남인걸 알기에
체념해 버린다
이별은 과정을 거친다
사랑 미련 그리움
추억 체념 이별
사랑을 시작하기 위한
과정이 있듯이
이별을 시작하기 위한
과정이 있다

27. 입시 인간

학력이 모든 것을
이루어 주리라
세뇌를 받은 어린 양이 있다
이 양은 대학입시를 위해
12년을 전부 부었다
대학만을 목표로
삶을 걸었기에
합격할 수밖에 없었다
이제 양의 목표가 사라졌다
학교는 모든 것을
이루어 주지 않았다
학교는 돈을 벌어다 주지 않았다
양은 무엇을 할 수 있는지 생각했다
취미 없음
특기 없음
흥미 없음
시험만 준비했기에
시험만 잘 본다

양은 시험을 찾아간다
자격증 시험
한국사 시험
외국어 시험
기본 요건을 채우고
다시 시험을 준비한다
합격을 해야 일을 할 수 있다
시험에 시험에 시험
시험으로 인생을 채워버린
입시 인간이 있다
입시 인간은 자신이 누군지 모른다
그저 시험이 없으면
불안할 뿐이다
입시 인간이 또
시험을 치러 간다

28. 주근깨

Freckle ⊙

짙은 갈색 머리를 가진

그녀는

하얀 피부의 얼굴에

연한 갈색의

주근깨가 있었다

어린 시절 시골에 놀러 갔다

햇살을 많이 맞은 후에

생긴 것이라 했었다

그 당시의 나는

주근깨에 대해

말하기 전까지

주근깨가 있었는지

모르고 있었다

나는 그제서야 깨달았다

나는 그녀의 얼굴을

자세히 본 적이 없음을

나는 누구를 사랑하고 있었나

사랑한다고 자부해 놓고

사랑하는 사람의 얼굴에
주근깨가 있었다는
사실조차 몰랐으면서
그녀를 사랑한다
말할 수 있나
나는 사랑할 자격이 있나
나는 사랑 줄 자격이 있나
그녀는 나의 얼굴을
자세히 알고 있었다
넓은 이마
짙은 눈썹
밝은 안광
앵두 입술
세밀하게 알고 있었다
나는 그녀의 사랑을
받아도 되는가
그녀의 얼굴에 핀
햇살의 입맞춤조차
알지 못했으면서
나는 사랑받아도 되었을까

29. 창작의 고통

The pain of creation

순백의 공책을 펼친다
손에 익은 연필을 쥔다
한 단어 한 단어
내 생각과 느낌
감성에 맞는 표현을 찾는다
온몸에 진땀이 난다
손이 벌벌 떨린다
현기증이 올라온다
그러나 만족스럽진 않다
무엇을 고쳐야 할지
고뇌에 빠진다
셀 수 없는 수정을 한다
완벽하진 않지만
만족을 한다
녹음을 한다
한 단어 한 단어
내 생각과 느낌
감성에 맞는 발성을 찾는다

발음이 부정확하다
발성이 불투명하다
셀 수 없는 녹음을 한다
완벽하진 않지만
만족을 한다
음악을 만든다
박자를 생각한다
드럼을 쌓는다
가락을 생각한다
기타를 쌓는다
좋은 노래 하나를 위해
나의 수명을 갈아 넣는다
순백의 공책에서
노래가 나왔다
창작자는 영혼을 바쳤다
순수 자신만의 영혼으로
노래 하나를 만들었다

30. 침몰한 보물

도공이 손으로 빚은
기물을 가마에 넣어
초벌 한다
초벌 된 토기를
상감기법으로 장식한다
청자 유약을 바르고
재벌 한다
도공은 며칠 밤을
가마 앞에서 지샜다
가마에서 청자가 나온다
누가 봐도 걸작이다
도공의 청자는 배를 탔다
주인을 찾기 위해
배를 탔다
배가 폭풍을 만났다
돛이 찢어지고
배가 기운다
청자는 바닷물을 먹는다

이내 고요해졌다
청자는 해류를 맞는다
해류에 모래가 쌓인다
청자는 수년 수십 년
수 세기 동안
주인을 기다렸다
강한 빛을 맞는다
해류를 가른다
햇빛을 받는다
바닷속에서 천 년을 기다린
청자는 걸작에서
보물이 되었다
침몰했지만 가치는
변하지 않았다
그대 또한 그렇다

31. 피해자

대한민국에서 피해자가 되면

바보가 돼버린다

인명피해가 일어나지 않으면

경찰은 조사할 생각조차 하지 않는다

피해자만 침묵하면

해결되는 사건이기 때문이다

대한민국에서 피해자가 되면

바보가 돼버린다

피해자가 영원히 이고 갈

상처를 입었지만

가해자는 사과 한마디 하지 않는다

가해자는 편지를 쓴다

구구절절하게 쓴 편지는

반성문이란 이름으로

판사에게 간다

법정에서 피해자는 고양이 앞의

쥐마냥 세상에서 가장 불쌍한

인간인 양 오들오들 떤다

판사는 그런 가해자를 불쌍하게 여겨
용서해 준다
피해자가 용서하지 않은 가해자를
판사가 용서해 준다
가해자는 반성 따위 하지 않는다
다만 재수가 없었다고
생각할 뿐이다
대한민국에서 피해자는 바보다
피해자는 입을 열면 안 된다
그게 대한민국에서의 피해자다

32. 함구

자기만의 세상을
머릿속에 구축한
사람이 있다
이 사람은
같은 것을 보고
같은 것을 듣고
같은 것을 먹고
같은 것을 맡고
같은 것을 만져도
자신이 생각한 것으로
만들어 버린다
사실은 중요하지 않다
증거를 들이밀고
자료를 보여줘도
이미 망상은 현실이 되어있다
사실이 사실이 아니라 한다
답은 이미 자신의 머릿속에
정해져 있다

자신이 완성시킨 답을
타인이 말해야 한다
하지만 타인은 알 턱이 없다
진실을 말하는 자는
미칠 것 같다
진실에 어떻게 거짓을
첨가할 수 있나
나는 진실을 말하는데
저자는 진실을 말하라 한다
대화가 되지 않는 상대는
입을 닫는 것이 해답이다
미친 자에게는 함구하라
저렇게 미친자로 두어라
진실은 변함없으니
진실을 함구하라

33. 행동의 관성

사람의 행동은

관성의 영향을 받는다

행동을 시작하면

같은 행동을 계속하려 한다

그렇기에

다른 행동으로 전환하기 어렵다

행동을 할 때

우선순위를 정해야 한다

하기 싫지만 꼭 해야만 하는 일

그런 일을 첫 번째로 해야 한다

일을 끝내지 않고

편한 행동을 하게 된다면

몸은 다른 일을 하기 위해

움직이지 않고

휴식만을 취할 것이다

머리는 일을 끝내야 한다는

생각으로 가득 차고 만다

그러므로

하기 싫은 행동이라도
시작하면 관성으로 인해
빠르게 끝낼 수 있다
모든 행동은 관성을 받는다
한번 시작한 선의 행동은
선의 행동으로 이어진다
한번 시작한 악의 행동은
악의 행동으로 이어진다
행동의 시작이 중요하다
정지 관성은 받은 힘만큼
필요한 법이다

Gliding

동쪽에서 떠오르는

햇볕을 맞으며

잠에서 깨었다

절벽 위 둥지에는

지평선 끝까지

바다가 일렁이고

탁 트인 하늘과

따사로운 햇살은

여유롭기 그지없다

엄마가 물어오는 식량에

배고플 일이 없다

포근함에 졸음이 쏟아진다

동쪽에서 떠오르는

햇살을 맞으며

잠에서 깨었다

절벽 위 둥지에는

나 혼자였다

매일 같이 먹고 자던

형제들이 없다

벌써 날아간 것인가

철렁이는 바다

끝이 없는 하늘

타오르는 태양

날아가기엔

너무 무섭다

엄마를 기다렸다

동쪽에서 떠오르는

햇볕을 맞으며

잠에서 깨었다

엄마는 오지 않았다

배가 고프다

무너져 내린 둥지에는

바람이 몰아친다

아래로는

철렁이는 바다

위로는

끝이 없는 하늘

앞으로는

타오르는 태양

두렵다

무섭다

그러나
절벽 틈에서
아무것도 하지 않은 채
죽을 수는 없다
이제는 겁쟁이가 아니야
날개를 활짝 펴고
저 하늘로 몸을 던져
순류를 타며
비행해

35. 후회의 미련

Lingering regret

후회에 미련을 두지 말자
후회 또한 과거일 뿐이니
과거를 후회하는 것은
미련일 뿐이다
사람은 과거를 바꾸지 못한다
하지만
과거가 있어야 현재가 있다
바꿀 수 없는 과거에
미련을 두지 말자
그 과거가 있었기에
지금의 현재가 있다
후회하는 과거 또한
최선의 선택이었다
그러기에
후회에 미련을 두지 말자
과거에 그러한 선택을 했기에
현재의 내가 있다
미련이 있기에

후회가 있다
미련이 사라지면
후회 또한 사라진다
과거가 될 현재를 위해
최선의 선택을 하자
후회에 미련이 남지 않게
최선의 선택을 하자
후회에 미련을 두지 말자
고치지 못할 과거에
후회를 두지 말자
현재가 될 미래를 위해
미련을 두지 말자

이 책을 읽어준 그대에게

　이 책을 정독해 주셔서 감사합니다. 데뷔 앨범인 싱글 1집 < 치킨 먹고 싶다 > 발매 후 가수라는 신분을 달게 된 뒤 지인이 저에게 물었습니다. "음악 계속할 거야?" 저는 가수나 작곡가보다 시인이고 싶었습니다. 저는 대답했습니다. "나는 명곡을 만들 생각이 없어, 대신 다작을 할 거야. 내가 곡을 만드는 이유는 내 시에 음률을 붙여주기 위해서야. 음악이 주가 아니야. 그래서 딱 200까지 만들어 보려고." 저의 목표는 정규 9집 < Question > 으로 이루어졌습니다. 정규 1집을 준비할 때 '내가 200개의 작품을 만들 수 있을까?' 생각이 들었습니다. 하지만 영감이 생각날 때마다 하나씩 만들다 보니 어느새 200곡을 넘게 쓰고 있었습니다. 사람에게 목표라는 것이 정말 중요한 것 같습니다. 목표를 정하면 달성하려는 의지가 생겨 언젠가, 어떻게든 달성하기 때문이죠. 저의 시를 읽으신 독자님들마다 느끼신 감정이 다르리라 생각하고 있습니다. 이해하기 어렵거나, 심기에 거슬리거나, 동의하지 못하는 작품이 있을 겁니다. 감상에는 정답이 없습니다. 작품이 마음에 들지 않으시면 시원하게 욕하시는 것도 감상의 방법일 겁니다. 세상에는 정답이 없습니다. 자신이 원하는 방법이 본인 삶의 정답이겠죠. 다음 앨범도 시가될지는 모르겠습니다. 이제 다작이 아닌 명곡을 만들어 보겠다는 욕심이 생겨서 말이죠.

아무튼 저의 시를 좋아하시든, 싫어하시든, 이 책을 읽어주셔서 감사합니다.

대문 앞에 핀
민들레

심상율 가곡집 II

초판 1쇄 발행 2023. 1. 16.

지은이 심상율
펴낸이 김병호
펴낸곳 주식회사 바른북스

편집진행 원석희
디자인 최유리

등록 2019년 4월 3일 제2019-000040호
주소 서울시 성동구 연무장5길 9-16, 301호 (성수동2가, 블루스톤타워)
대표전화 070-7857-9719 | **경영지원** 02-3409-9719 | **팩스** 070-7610-9820

•바른북스는 여러분의 다양한 아이디어와 원고 투고를 설레는 마음으로 기다리고 있습니다.

이메일 barunbooks21@naver.com | **원고투고** barunbooks21@naver.com
홈페이지 www.barunbooks.com | **공식 블로그** blog.naver.com/barunbooks7
공식 포스트 post.naver.com/barunbooks7 | **페이스북** facebook.com/barunbooks7

ⓒ 심상율, 2023
ISBN 979-11-6545-986-4 03810